O espírito dos
meus pais continua
a subir na chuva

Patricio Pron

O espírito dos meus pais continua a subir na chuva

tradução
Gustavo Pacheco

todavia

They are murdering all the young men.
For half a century now, every day,
They have hunted them down and killed them.
They are killing them now. At this minute, all
  over the world,
They are killing the young men.
They know ten thousand ways to kill them.
Every year they invent new ones.

[Eles estão matando todos os jovens.
Há meio século, todos os dias,
Eles caçam e matam os jovens.
Estão matando-os agora. Neste exato momento,
  no mundo inteiro,
Eles estão matando os jovens.
Eles conhecem dez mil maneiras de matá-los.
A cada ano eles inventam novas maneiras.]

Kenneth Rexroth,
"Thou Shalt Not Kill:
A Memorial for Dylan Thomas"

I

*The true story of what I saw and how I saw it [...]
which is after all the only thing I've got to offer.*

*[A verdadeira história do que vi e como vi (...) que é,
no fim das contas, a única coisa que tenho a oferecer.]*

Jack Kerouac

I

Entre março ou abril de 2000 e agosto de 2008, oito anos em que viajei e escrevi artigos e morei na Alemanha, o consumo de certas drogas fez com que eu perdesse quase completamente a memória, de modo que as lembranças desses anos – pelo menos as lembranças de uns noventa e cinco meses desses oito anos – são um pouco vagas e imprecisas: me lembro dos quartos das duas casas em que morei, me lembro da neve entrando nos meus sapatos quando eu me esforçava para abrir caminho entre a entrada de uma dessas casas e a rua, me lembro que depois eu jogava sal e a neve ficava marrom e começava a se dissolver, me lembro da porta do consultório do psiquiatra que me atendia, mas não me lembro do seu nome nem como cheguei até ele. Era ligeiramente calvo e costumava me pesar cada vez que eu ia à sua consulta, creio que uma vez por mês ou algo assim. Me perguntava como eu estava, depois me pesava e dava mais remédios. Alguns anos depois de ter ido embora dessa cidade alemã, voltei lá e refiz o caminho até o consultório desse psiquiatra e li seu nome na placa ao lado das outras campainhas do prédio, mas era só um nome, nada que explicasse por que eu o visitava e por que ele me pesava cada vez que me via nem como era possível que eu tivesse deixado a minha memória ir embora assim, pelo ralo; naquela vez, fiquei pensando em bater à sua porta e perguntar-lhe por que eu o visitava e o que tinha acontecido comigo durante aqueles anos, mas depois me dei conta de que precisaria ter marcado uma consulta, de que o psiquiatra de qualquer modo não devia se lembrar de mim e, além disso, de que na verdade eu não tenho tanta curiosidade assim sobre mim mesmo. Talvez, um dia, algum filho meu queira saber quem foi seu pai e o que fez durante esses oito anos na Alemanha e vá até a cidade e dê uma volta por lá e, quem sabe, com as indicações de seu pai, consiga chegar ao consultório do psiquiatra e descobrir tudo. Acho que os filhos, em algum momento, sentem necessidade de saber quem foram seus pais e saem em busca de respostas. Os filhos são os detetives que os pais lançam no mundo para que um dia retornem e contem a eles sua história e, assim, eles mesmos possam compreendê-la. Os filhos não são os juízes dos pais, já que não podem julgar de maneira realmente imparcial alguém a quem devem tudo, inclusive a vida, mas podem tentar colocar ordem em sua história, restituir o sentido que foi apagado pelos acontecimentos mais ou menos pueris da vida e sua acumulação, e depois proteger essa história e perpetuá-la na memória. Os filhos são os policiais dos pais, mas eu não gosto de policiais. Nunca se deram bem com a minha família.

2

Meu pai adoeceu no fim dessa época, em agosto de 2008. Um dia, telefonei para minha avó paterna, acho que no aniversário dela. Minha avó me disse para eu não me preocupar, que tinham levado meu pai ao hospital só para um exame de rotina. Perguntei a ela do que estava falando. Um exame de rotina, nada de mais, respondeu minha avó; não sei por que está demorando tanto, mas não é nada importante. Perguntei quanto tempo fazia que meu pai estava no hospital. Dois dias, três, ela respondeu. Depois que desliguei, telefonei para a casa dos meus pais. Não havia ninguém lá. Então liguei para minha irmã; atendeu uma voz que parecia ter saído do fundo dos tempos, a voz de todas as pessoas que já estiveram algum dia no corredor de um hospital esperando notícias, uma voz cheia de sono, cansaço e desespero. Não queríamos que você se preocupasse, me disse minha irmã. O que aconteceu?, perguntei. Bom, respondeu minha irmã, é muito complicado para explicar agora. Posso falar com ele?, perguntei. Não, ele não pode falar, ela respondeu. Estou indo aí, eu disse, e desliguei.

4

Eu e meu pai não nos falávamos havia algum tempo. Não era nada pessoal, eu só não costumava ter um telefone à mão quando queria falar com ele, e ele não tinha como me ligar se quisesse. Alguns meses antes de ele adoecer, eu tinha deixado o quarto que alugava naquela cidade alemã e começado a dormir nos sofás de pessoas conhecidas. Eu não fazia isso por falta de dinheiro, e sim pela irresponsabilidade que eu considerava a consequência natural de não ter casa nem obrigações, de deixar tudo para trás. E na verdade não era ruim, mas o problema é que, quando você vive assim, não pode ter muitos pertences; então, pouco a pouco, fui me desfazendo dos meus livros, dos poucos objetos que havia comprado desde a minha chegada à Alemanha e da minha roupa; só conservei algumas camisas, porque descobri que uma camisa limpa pode lhe abrir as portas de uma casa quando você não tem para onde ir. Eu costumava lavá-las à mão de manhã enquanto tomava banho em alguma daquelas casas, depois as deixava secando dentro de um dos armários da biblioteca do departamento de literatura da universidade em que eu trabalhava, ou no gramado de um parque onde eu costumava matar o tempo antes de sair à procura da hospitalidade e da companhia do dono ou da dona de algum sofá. Eu estava só de passagem.

5

Às vezes eu não conseguia dormir; quando isso acontecia, me levantava do sofá e caminhava até a estante de livros do meu anfitrião, sempre diferente, mas sempre também invariavelmente localizada ao lado do sofá, como se só fosse possível ler no desconforto tão próprio desse móvel, no qual a gente nunca está completamente deitado nem exatamente sentado. Então olhava os livros e pensava que eu costumava ler um atrás do outro sem pausa nenhuma, mas naquele momento eles eram completamente indiferentes para mim. Nessas estantes, quase nunca havia livros dos escritores mortos que eu tinha lido quando era um adolescente pobre em um bairro pobre de uma cidade pobre de um país pobre e me esforçava estupidamente para fazer parte dessa república imaginária à qual eles pertenciam, uma república de contornos imprecisos na qual os autores escreviam em Nova York ou em Londres, em Berlim ou em Buenos Aires, e, no entanto, eu não era daquele mundo. Eu quis ser igual a eles, e o único vestígio que restava dessa decisão – e da determinação que veio junto com ela – era aquela viagem à Alemanha, que era o país onde os escritores que mais me interessavam tinham vivido e morrido e, sobretudo, tinham escrito, além de um punhado de livros que pertenciam a uma literatura da qual eu quis escapar, mas não consegui; uma literatura que parecia o pesadelo de um escritor moribundo – ou, melhor ainda, de um escritor argentino, moribundo e sem talento; digamos, para falar claro, um escritor que não fosse o autor de *O Aleph*, ao redor do qual todos nós inevitavelmente giramos, e sim o de *Sobre heróis e tumbas*, alguém que por toda a vida se achou talentoso, importante e moralmente inatacável, mas no último instante de sua vida descobre que nunca teve talento nenhum e se comportou de forma ridícula e se lembra de que almoçou com ditadores, então se sente envergonhado e deseja que a literatura de seu país esteja à altura de sua triste obra para que ela não tenha sido escrita em vão e tenha até mesmo um ou dois seguidores. Bom, eu tinha feito parte dessa literatura, e cada vez que pensava nisso era como se dentro da minha cabeça um velho gritasse "Tornado! Tornado!", anunciando o fim dos tempos, como em um filme mexicano que vi uma vez; só que o fim dos tempos não veio, e eu só consegui me agarrar aos troncos das árvores que ainda resistiam ao tornado quando deixei de escrever, quando parei completamente de escrever e ler, e os livros – a única coisa que um dia eu pude chamar de minha casa – tornaram-se estranhos para mim, naquela época de remédios e sonhos vívidos, em que eu já não me lembrava nem queria me lembrar de que diabos era uma casa.

6

Uma vez, quando eu era criança, pedi a minha mãe que comprasse para mim uma caixa de brinquedos que – mas eu não sabia disso naquele momento – vinham da Alemanha e eram fabricados perto de um lugar onde mais tarde eu moraria. A caixa continha uma mulher adulta, um carrinho de compras, dois meninos, uma menina e um cachorro, mas não continha nenhum homem adulto e era, como representação de uma família – pois é isso que ela era –, incompleta. Eu não sabia disso naquela época, é claro, mas o que eu queria mesmo era que minha mãe me desse uma família, mesmo que fosse de brinquedo, e minha mãe só conseguiu me dar uma família incompleta, uma família sem pai; mais uma vez, uma família ao relento. Peguei então um soldado romano, retirei sua armadura e o transformei no pai dessa família de brinquedo, mas depois não sabia como brincar com eles, não tinha a menor ideia do que as famílias costumavam fazer, e a família que minha mãe me deu acabou no fundo de um armário, os cinco personagens se entreolhando e talvez encolhendo seus ombros de bonecos ao constatar sua ignorância sobre o papel que deviam interpretar, como se fossem obrigados a representar uma civilização antiga cujos monumentos e cidades ainda não foram desenterrados pelos arqueólogos e cuja linguagem jamais foi decifrada.

7

Alguma coisa aconteceu com meus pais, comigo e com meus irmãos que fez com que eu jamais soubesse o que era uma casa e o que era uma família, mesmo quando tudo levava a crer que eu tinha ambas as coisas. No passado, tentei muitas vezes entender o que tinha acontecido, mas naquela época, lá na Alemanha, eu já tinha deixado de fazer isso, como alguém que aceita as mutilações causadas por um acidente automobilístico do qual não se lembra de nada. Eu e meus pais tivemos um acidente assim: alguma coisa atravessou nosso caminho, nosso carro perdeu a direção e saiu da estrada, e nós agora vagávamos pelos campos com a mente vazia, e a única coisa que nos unia era essa experiência comum. Atrás de nós havia um carro capotado na vala de uma estrada de terra e manchas de sangue nos bancos e na grama, mas nenhum de nós queria se virar e olhar para trás.

9

Enquanto eu voava em direção ao meu pai e a algo que não sabia o que era – mas que dava nojo, medo e tristeza –, fiquei pensando que lembranças eu tinha dele. Não era muita coisa: lembrava do meu pai construindo nossa casa; lembrava dele voltando de algum dos jornais onde trabalhou, com um barulho de papéis e chaves e com cheiro de cigarro; lembrava dele uma vez abraçando minha mãe e muitas vezes dormindo com um livro entre as mãos, que sempre, quando meu pai adormecia e o livro caía, cobria seu rosto como se meu pai fosse um cadáver encontrado na rua durante uma guerra e coberto com um jornal; e também lembrava dele muitas vezes dirigindo, olhando para a frente com a testa franzida, observando uma estrada, reta ou sinuosa, nas províncias de Santa Fé, Córdoba, La Rioja, Catamarca, Entre Ríos, Buenos Aires, todas essas províncias aonde meu pai nos levava na esperança de que encontrássemos nelas uma beleza que para mim era intangível, sempre procurando dar sentido àqueles símbolos que tínhamos aprendido em uma escola que ainda não havia se livrado de uma ditadura cujos valores continuava a perpetuar, símbolos que crianças como eu costumávamos desenhar usando um molde de plástico comprado por nossas mães, uma espécie de régua onde, passando o lápis nas linhas vazadas no plástico, podíamos desenhar uma casa que diziam que estava em Tucumán, outro edifício que estava em Buenos Aires, uma insígnia redonda e uma bandeira azul-celeste e branca que conhecíamos bem porque supostamente era a nossa bandeira, mesmo que já a tivéssemos visto tantas vezes em circunstâncias que não eram realmente nossas e estavam completamente fora do nosso controle, circunstâncias com as quais não tínhamos nem queríamos ter nada a ver: uma ditadura, uma Copa do Mundo de futebol, uma guerra, um punhado de governos democráticos fracassados que só serviram para distribuir a injustiça em nome de todos nós e do país que meu pai e muitos outros acreditaram que era, que tinha que ser, o meu e o dos meus irmãos.

10

Havia outras lembranças, mas elas se juntavam para formar uma certeza que era ao mesmo tempo uma coincidência, e muitos poderiam considerar essa coincidência meramente literária, e talvez fosse de fato: meu pai sempre teve péssima memória. Ele dizia que sua memória era como um coador e previa que a minha também seria assim porque, dizia ele, a memória está no sangue. Meu pai conseguia se lembrar de coisas que tinham acontecido décadas atrás, mas ao mesmo tempo era capaz de esquecer tudo o que tinha feito no dia anterior. Sua vida provavelmente foi uma corrida de obstáculos, por causa disso e de dezenas de outras coisas que aconteciam com ele e que às vezes faziam a gente rir e às vezes, não. Um dia, ele telefonou para casa para perguntar seu endereço; não lembro se foi minha mãe ou algum dos meus irmãos que pegou o telefone e lá estava a voz do meu pai. Onde é que eu moro?, ele perguntou. Como é?, perguntou quem estava do outro lado da linha, minha mãe, ou algum dos meus irmãos, ou talvez eu mesmo. Onde é que eu moro?, repetiu meu pai, e a outra pessoa – minha mãe, ou meus irmãos, ou eu mesmo – recitou o endereço; um instante depois, ele estava sentado à mesa e lia o jornal como se nada tivesse acontecido ou como se já tivesse esquecido o que tinha acabado de acontecer. Em outra ocasião, tocaram a campainha; meu pai, que passava pela cozinha, pegou o interfone e perguntou quem era. Somos Testemunhas de Jeová, disseram. Testemunhas de quem?, perguntou meu pai. De Jeová, responderam. E o que vocês querem?, perguntou de novo meu pai. Viemos trazer a palavra de Deus, disseram. De quem?, perguntou meu pai. A palavra de Deus, responderam. Meu pai perguntou de novo: Quem é? Somos Testemunhas de Jeová, disseram. Testemunhas de quem?, perguntou meu pai. De Jeová, responderam. E o que vocês querem?, perguntou de novo meu pai. Viemos trazer a palavra de Deus, disseram. De quem?, perguntou meu pai. A palavra de Deus, responderam. Não, essa já me trouxeram na semana passada, disse meu pai, e desligou sem sequer olhar para mim, que estava ao seu lado e o olhava perplexo. Em seguida, ele foi até minha mãe e perguntou onde estava o jornal. Em cima do aquecedor, respondeu minha mãe; nem ela nem eu dissemos a ele que ele mesmo tinha deixado o jornal ali alguns minutos antes.

II

Eu pensava que a péssima memória do meu pai era apenas uma desculpa para se livrar dos raros inconvenientes ocasionados por uma vida cotidiana que havia muito tempo ele tinha deixado nas mãos da minha mãe: aniversários, datas festivas, compras domésticas. Se meu pai tivesse uma agenda, eu pensava, cada folha se soltaria no dia seguinte, um objeto incandescente, o tempo todo em chamas, como o diário de um piromaníaco. Eu pensava que tudo era um embuste do meu pai, que era sua forma de se livrar de coisas que por alguma razão eram demais para ele, e entre elas eu incluía eu e meus irmãos, mas também um passado do qual eu mal sabia duas ou três coisas – infância em uma cidade pequena, carreira política interrompida, anos trabalhando em jornais que pareciam esses pugilistas que passam mais tempo caídos na lona do que em pé lutando, um passado político sobre o qual eu achava que não sabia nada e talvez não quisesse saber – que nem de longe explicavam quem era realmente meu pai, o abismo em que tinha caído e como tinha saído dele com a língua de fora e pedindo arrego. Quando falei com minha irmã no hospital, no entanto, me ocorreu que sempre houve algo errado com meu pai e que talvez sua falta de memória não fosse fingida, e também pensei que essa descoberta chegava tarde demais, tarde demais para mim e tarde demais para ele, e que é assim que as coisas sempre acontecem, mesmo que seja triste dizer isso.

12

Na realidade, havia mais uma lembrança, embora não fosse exatamente uma lembrança direta, algo que tivesse nascido de uma experiência e se fixado na memória, e sim algo que eu tinha visto na casa dos meus pais, uma fotografia. Nela, eu e meu pai estamos sentados em um pequeno muro de pedra; atrás de nós, um abismo e, um pouco mais adiante, montanhas e colinas que – embora a fotografia fosse em preto e branco – provavelmente eram verdes, vermelhas e marrons. Eu e meu pai estamos sentados no muro da seguinte forma: ele de lado, com os braços cruzados; eu, de costas para o abismo, com as mãos embaixo das coxas. Quem olhar a fotografia com atenção verá que ela tem uma certa intensidade dramática que não deve ser atribuída à paisagem – embora ela seja tão dramática quanto se possa imaginar – e sim à relação entre nós: meu pai olha a paisagem; eu olho para ele, e no meu olhar há um pedido muito específico: que ele preste atenção em mim, que me faça descer desse muro onde minhas pernas balançam sem tocar o chão e que para mim parece – um exagero inevitável, já que sou só um menino – que vai cair a qualquer momento e me arrastar com ele para o abismo. Na fotografia, meu pai não olha para mim, não repara sequer no fato de que estou olhando para ele e na súplica que só consigo expressar dessa maneira, como se nós dois estivéssemos condenados a não nos entender, a nem sequer conseguir enxergar um ao outro. Na fotografia, meu pai tem o mesmo cabelo que eu terei um dia, o mesmo torso que terei no futuro, agora, quando eu for mais velho do que ele era quando alguém – minha mãe, provavelmente – tirou essa fotografia enquanto subíamos uma montanha de cujo nome não me lembro. Talvez naquele momento, enquanto eu pensava nele em um avião, ele estivesse sentindo de mim o medo que eu tive naquele dia em uma montanha da província de La Rioja, por volta de 1983 ou 1984. Enquanto eu viajava naquele avião de volta a um país que meu pai quis que fosse também o meu – e que para mim era igual àquele abismo diante do qual nós dois posávamos em uma fotografia sem conseguirmos nos entender –, eu não sabia ainda, no entanto, que meu pai conhecia o medo muito melhor do que eu pensava, que meu pai tinha vivido com ele e lutado contra ele e, como todo mundo, tinha perdido essa batalha de uma guerra silenciosa, que foi sua e de toda a sua geração.

13

Eu não voltava a esse país havia oito anos, mas, quando o avião pousou no aeroporto e nos cuspiu para fora, tive a impressão de que fazia mais tempo que não andava por lá. Uma vez descobri que os minutos que a gente passa em uma montanha-russa ou em alguma diversão desse tipo são, na nossa percepção, mais longos dos que os minutos que a gente passa lá embaixo olhando as pessoas que gritam agarradas a um carrinho de metal, e naquele momento tive a impressão de que o país tinha entrado em uma montanha-russa e continuava dando voltas de cabeça para baixo, como se o operador da máquina tivesse enlouquecido ou estivesse no horário de almoço. Vi jovens velhos, que vestiam roupa nova e velha ao mesmo tempo, vi um tapete azul que parecia novo mas que já estava sujo e gasto nos lugares onde as pessoas pisavam, vi cabines com vidros amarelados e policiais jovens mas velhos que olhavam os passaportes com desconfiança e às vezes os carimbavam e às vezes não; até o meu passaporte já parecia velho e, quando ele foi devolvido, tive a impressão de que me entregavam uma planta morta, que já não tinha qualquer chance de voltar à vida; vi uma jovem que usava minissaia e entregava a quem passava um biscoito com doce de leite, e quase dava para ver a poeira dos anos pousada em cima desse biscoito e desse doce. Ela me disse: Quer provar um biscoitinho? E eu fiz que não com a cabeça e me afastei praticamente correndo em direção à saída. Quando saí, tive a impressão de ver passar ao meu lado a caricatura obesa e envelhecida de um jogador de futebol, e tive a impressão de que dezenas de fotógrafos e jornalistas o perseguiam e que o jogador usava uma camiseta com uma fotografia dele mesmo em outra época, uma fotografia que aparecia monstruosamente desfigurada pela pança do jogador e exibia uma perna exageradamente grande, um torso curvo e esticado e uma mão enorme, que batia em uma bola para fazer um gol em uma Copa do Mundo qualquer, um dia qualquer em alguma primavera do passado.

14

Mas talvez nada disso tenha realmente acontecido e tudo tenha sido um engano ou uma alucinação induzida pelos remédios que aquele médico me dava e que eu engolia silenciosamente nos sofás de conhecidos naquela cidade alemã. Uma vez, muito tempo depois de tudo isso ter acontecido, reli a bula de um desses remédios, que eu já tinha lido muitas vezes e, no entanto, havia esquecido todas elas. Li que aqueles remédios apresentavam um efeito sedativo, antidepressivo e ansiolítico; li que faziam efeito entre uma e seis horas depois de sua administração, mas que sua eliminação requeria cerca de cento e vinte horas – o que dá cinco dias, segundo meus cálculos – e 88% se dão através da urina e 7% através do suor, e que cerca de 5% da substância não é eliminada nunca; li que produz dependência física e psicológica e que induz à amnésia, além da diminuição ou da completa incapacidade de se lembrar dos eventos que acontecem durante o efeito da droga; li que ela pode induzir no paciente tendências suicidas – o que, sem dúvida, é grave –, letargia – o que, com certeza, não é –, fraqueza, fadiga, desorientação, ataxia, náuseas, apatia emocional, redução do estado de alerta, perda de apetite e de peso, sonolência, sensação de angústia, diplopia, visão turva, agitação, alterações do sono, enjoo, vômitos, dores de cabeça, perturbações sexuais, despersonalização, hiperacusia, intumescimento e formigamento das extremidades, hipersensibilidade à luz, ao ruído e ao contato físico, alucinações ou convulsões epilépticas, problemas respiratórios, gastrointestinais e musculares, aumento da hostilidade e irritabilidade, amnésia anterógrada, alteração da percepção da realidade e confusão mental, dificuldades para pronunciar palavras, anormalidades no funcionamento do fígado e dos rins e síndrome de abstinência após interrupção brusca da medicação. Então, acho que ver um jogador de futebol usando uma camiseta com uma imagem deformada do seu próprio passado por cima da pança é o menos grave que pode acontecer quando você toma coisas assim.

15

De qualquer modo, aquele encontro, que aconteceu realmente e que, portanto, foi verdadeiro, pode ser lido aqui simplesmente como uma invenção, como algo falso, já que, em primeiro lugar, naquele momento eu estava tão desorientado e preocupado que podia e ainda posso desconfiar dos meus sentidos, que naquela época talvez interpretassem erroneamente um fato verdadeiro, e, em segundo lugar, porque aquele encontro com o jogador de futebol decrépito de um país que me parecia precocemente envelhecido, e quase tudo o que aconteceu depois, o que vou contar aqui, foi verdadeiro mas não necessariamente verossímil. Alguém disse uma vez que em literatura o belo é verdadeiro, mas o verdadeiro em literatura é só o verossímil, e entre o verossímil e o verdadeiro há uma distância enorme. Sem falar do belo, que é algo de que nunca deveríamos falar: o belo deveria ser a reserva natural da literatura, o lugar onde o belo florescesse sem que a mão da literatura jamais o tocasse, e deveria servir de recreio e consolo aos escritores, já que a literatura e o belo são coisas completamente diferentes ou talvez a mesma coisa, como duas luvas para a mão direita. Só que você não pode calçar uma luva para a mão direita na mão esquerda, há coisas que não encaixam uma na outra. Eu tinha acabado de chegar à Argentina e, enquanto esperava o ônibus que me levaria até a cidade onde meus pais moravam, a cerca de trezentos quilômetros a noroeste de Buenos Aires, eu pensava que tinha vindo dos escuros bosques alemães para os pampas argentinos para ver meu pai morrer, para me despedir dele e prometer-lhe – embora eu não acreditasse nisso de jeito nenhum – que nós dois teríamos outra oportunidade, em algum outro lugar, para que cada um de nós descobrisse quem era o outro e, talvez, pela primeira vez desde que ele havia se transformado em pai e eu em filho, por fim entenderíamos algo; mas isso, mesmo que fosse verdadeiro, não era verossímil de jeito nenhum.

18

E além disso havia o trava-línguas impossível dos doentes e dos médicos, que reunia palavras como benzodiazepina, diazepam, neuroléptico, hipnótico, zolpidem, ansiolítico, alprazolam, narcótico, antiepiléptico, anti-histamínico, clonazepam, barbitúrico, lorazepam, triazolo-benzodiazepina, escitalopram – todas palavras das palavras cruzadas de uma cabeça que se recusava a funcionar.

20

Quando cheguei à casa dos meus pais, não havia ninguém. A casa estava fria e úmida como um peixe cujo ventre uma vez eu toquei antes de devolvê-lo à água, quando era menino. Não senti que aquela fosse a minha casa, aquela velha sensação de que um determinado lugar é o seu lar tinha desaparecido para sempre, e tive medo de que minha presença ali fosse considerada pela casa um insulto. Não toquei em uma cadeira sequer: deixei na entrada a pequena mala que trazia e comecei a caminhar pelos quartos como um intruso. Na cozinha havia um pedaço de pão que as formigas já tinham começado a comer. Alguém tinha deixado em cima da cama dos meus pais uma muda de roupa e uma bolsa aberta e vazia. A cama estava desfeita e os lençóis conservavam a forma de um corpo, talvez o da minha mãe. Ao lado, em cima da mesa de cabeceira do meu pai, havia um livro que eu não olhei, alguns óculos e dois ou três frascos de comprimidos. Quando vi os remédios, me ocorreu que afinal de contas eu e meu pai tínhamos algo em comum, que nós dois continuávamos amarrados à vida com fios invisíveis de remédios e receitas, e que esses fios de algum modo agora também nos uniam um ao outro. O quarto que tinha sido meu ficava do outro lado do corredor. Ao entrar nele, tive a impressão de que tudo havia diminuído, de que a mesa era menor do que eu lembrava, de que a cadeira ao lado dela só podia ser usada por um anão, de que as janelas eram minúsculas e de que os livros não eram tantos como eu pensava – e, além disso, tinham sido escritos por autores que não me interessavam mais. Não parece que faz só oito anos que fui embora, pensei enquanto me deitava na minha antiga cama. Estava com frio, mas não quis me cobrir com a colcha e fiquei ali, com um braço tapando o rosto, sem conseguir dormir mas também sem vontade de levantar, pensando em círculos no meu pai, em mim e em uma oportunidade perdida para ele, para mim e para todos nós.

21

Quando minha mãe entrou na cozinha, eu estava olhando os produtos na geladeira. Como acontece nesses sonhos em que tudo é suspeitamente familiar e ao mesmo tempo escandalosamente estranho, os produtos eram os mesmos, mas as embalagens tinham mudado – e agora os feijões estavam em uma lata que me lembrava a antiga lata de tomates, os tomates vinham em um recipiente parecido com o do chocolate em pó, e o chocolate em pó vinha em uns pacotes de plástico que me fizeram pensar em fraldas e em noites em claro. Minha mãe não pareceu nem um pouco impressionada ao me ver, mas eu fiquei surpreso ao vê-la tão magra e tão frágil; quando me levantei e ela veio me abraçar, vi que ela tinha um olhar que podia afugentar os demônios do inferno, e me perguntei se esse olhar não bastava para curar meu pai, para aliviar a dor e o sofrimento de todos os doentes do hospital onde ele agonizava, porque esse olhar era o da força de vontade que pode enfrentar qualquer coisa. O que aconteceu?, perguntei a minha mãe, e ela começou a me explicar, lentamente, tudo o que tinha acontecido. Quando acabou, foi para o seu quarto chorar sozinha; eu joguei água e um punhado de arroz em uma panela e fiquei olhando pela janela a selva impenetrável em que havia se transformado o jardim de que minha mãe e meu irmão tinham cuidado tanto, no mesmo lugar, mas em outros tempos.

23

Meus irmãos estavam em pé no corredor quando cheguei ao hospital. À distância, tive a impressão de que estavam em silêncio, mas logo percebi que conversavam ou fingiam que conversavam, como se se sentissem obrigados a simular uma conversa que talvez nem eles mesmos estivessem realmente escutando. Ao me ver, minha irmã começou a chorar, como se eu estivesse trazendo uma notícia inesperada e terrível ou como se eu mesmo fosse essa notícia, ao voltar horrivelmente mutilado de uma guerra longuíssima. Dei a eles alguns chocolates e uma garrafa de Schnapps que tinha comprado ainda na Alemanha, no aeroporto, e minha irmã começou a rir e a chorar ao mesmo tempo.

24

Meu pai estava deitado embaixo de um emaranhado de cabos, como se fosse uma mosca em uma teia de aranha. Sua mão estava fria e meu rosto estava quente, mas só notei isso quando passei a mão na cara para enxugá-la.

25

Fiquei ao lado dele naquela tarde, sem saber realmente o que fazer, exceto olhar para ele e me perguntar o que aconteceria se ele abrisse os olhos ou começasse a falar, e por um momento desejei que ele não abrisse os olhos na minha frente. Então pensei: Vou fechar os olhos e contar até dez, e quando eu abrir os olhos nada disso vai ser verdade e nunca terá acontecido, como no final de um filme ou quando você termina um livro; mas, quando reabri os olhos, depois de ter contado até dez, meu pai ainda estava lá, eu ainda estava lá e a teia de aranha ainda estava lá; e, ao nosso redor, havia o barulho do hospital e esse ar pesado com cheiro de desinfetante e de falsas esperanças, e que às vezes é pior do que a doença ou a morte. Você já esteve alguma vez num hospital? Então já viu todos. Você já viu alguém morrer? Cada vez que acontece, é diferente. Às vezes a doença é ofuscante, você fecha os olhos e aquilo que você mais teme parece um carro vindo em sua direção a toda velocidade em uma estrada de terra em uma noite qualquer. Quando abri novamente os olhos, minha irmã estava ao meu lado, já era de noite e meu pai continuava vivo, lutando e perdendo, mas ainda vivo.

26

Minha irmã insistiu em passar a noite no hospital. Voltei para casa com meu irmão e com minha mãe e ficamos um tempo vendo um filme na televisão. No filme, um homem corria no meio de uma tempestade de neve em uma pista gelada que parecia que não ia acabar nunca; a neve caía sobre seu rosto e seu casaco, e às vezes parecia que tapava a visão do que ele estava perseguindo, mas o homem continuava correndo como se sua vida dependesse de alcançar o avião que deslizava à sua frente. Johnny! Johnny!, gritava nesse momento uma mulher que aparecia na porta aberta do avião, que parecia prestes a decolar a qualquer instante. Quando o homem estava por um triz de alcançar a mão que ela estendia, no entanto, o avião decolava e outro cara arrancava violentamente a mulher da porta do avião e ainda disparava uma ou duas vezes sobre o homem chamado Johnny, antes de o avião perder-se definitivamente no meio da nevasca. É o correio do tsar, disse meu irmão, no instante em que o homem chamado Johnny caía no chão coberto de neve, sua imagem ofegante dissolvia-se lentamente em um fundo negro e na tela aparecia a palavra "fim". Na época do tsar não existiam aviões, eu disse, mas meu irmão me olhou como se eu não tivesse entendido nada.

27

Naquela noite, não consegui dormir. Tomei um copo d'água no escuro na cozinha e fiquei um tempo de pé, bebendo e tentando não pensar em nada. Quando acabei o copo, voltei ao meu quarto, peguei um comprimido para dormir e o engoli às pressas. Enquanto esperava que ele fizesse efeito, andei pela casa tentando lembrar se ela tinha mudado ou se estava igual à época em que morei nela, mas não fui capaz de dizer. Talvez não fosse a casa e sim minha percepção que tivesse mudado, e essa mudança na percepção – seja por causa da viagem, da situação do meu pai ou dos remédios – trazia consigo uma mudança no objeto dessa percepção, como se, para saber se a casa tinha mudado ou não, eu precisasse comparar minha forma de ver as coisas naquele momento com minha forma de vê-las antes de ter ido embora e morado na Alemanha e começado a tomar remédios e meu pai ter adoecido e eu ter voltado, o que era impossível. Olhei distraído os livros nas estantes da sala de estar, que eram os livros da juventude dos meus pais, iluminados pela luz que vinha da rua através de uma janela. Embora eu conhecesse bem aqueles livros, talvez fosse a minha percepção que fazia com que eles parecessem novos aos meus olhos, e mais uma vez me perguntei o que tinha realmente mudado desde aquela época em que eu olhava esses livros sem curiosidade e com um pouco de apreensão sob a luz noturna, e novamente não cheguei a nenhuma conclusão. Fiquei ainda um tempo por lá, de pé no chão frio da sala de estar, olhando aqueles livros. Ouvi um ônibus passando, depois os carros das primeiras pessoas que saíam para o trabalho e percebi que a cidade logo começaria a entrar em ação outra vez e que eu não queria estar ali para assistir àquilo. Fui até o meu quarto e lá tomei mais dois comprimidos e depois me deitei na cama e fiquei esperando que fizessem efeito; mas, como sempre, não consegui realmente perceber quando isso aconteceu, porque senti fraqueza nas pernas e depois já não podia mexer os braços e só conseguia pensar nesse lento despedaçamento que era necessário para que o sono chegasse, e dizer a mim mesmo que eu tinha que fazer um inventário de tudo o que eu estava vendo na casa dos meus pais para não esquecer de nada. Nesse momento, adormeci.

29

Títulos presentes na biblioteca dos meus pais: *América Latina, agora ou nunca*; *Bases para a reconstrução nacional*; *Caderno de navegação*; *Cancioneiro folclorístico*; *Caso Satanovsky, O*; *Comunidade organizada, A*; *Condução política*; *Diário do Che*; *Doutrina peronista*; *Ficções*; *Filosofia peronista*; *Fio, contrafio e ponta*; *Força é o direito dos animais, A*; *Hora dos povos, A*; *Indústria, burguesia industrial e libertação nacional*; *Literatura argentina e realidade política: de Sarmiento a Cortázar*; *Livro vermelho, O*; *Mais um episódio na luta de classes*; *Manual de tática*; *Martín Fierro*; *Mordisquito*; *Nacionalismo e libertação*; *Operação Massacre*; *O que fazer?*; *Perón fala*; *Perón, o homem do destino*; *Peronismo e socialismo*; *Política britânica no Rio da Prata, A*; *Profetas do ódio, Os*; *Quem matou Rosendo?*; *Razão da minha vida, A*; *Revolução e contrarrevolução na Argentina*; *Rosas, nosso contemporâneo*; *Vida e morte de López Jordán*; *Vida por Perón!, A*; *Volta ao dia em oitenta mundos.* Autores presentes na biblioteca dos meus pais: Borges, Jorge Luis; Chávez, Fermín; Cortázar, Julio; Duarte de Perón, Eva; Guevara, Ernesto; Hernández Arregui, Juan José; Jauretche, Arturo; Lênin, Vladimir Ilitch; Marechal, Leopoldo; Pavón Pereyra, Enrique; Peña, Milcíades; Perón, Juan Domingo; Ramos, Jorge Abelardo; Rosa, José María; Sandino, Augusto César; Santos Discépolo, Enrique; Scalabrini Ortiz, Raúl; Vigo, Juan M.; Tsé-Tung, Mao; Viñas, David; Walsh, Rodolfo. Autores ausentes na biblioteca dos meus pais: Bullrich, Silvina; Guido, Beatriz; Martínez Estrada, Ezequiel; Ocampo, Victoria; Sabato, Ernesto. Cores predominantes nas capas dos livros da biblioteca dos meus pais: azul-celeste, branco e vermelho. Editoras que aparecem com mais frequência na biblioteca deles: Plus Ultra, A. Peña Lillo, Freeland e Eudeba. Palavras que provavelmente mais aparecem nos livros da biblioteca dos meus pais: tática, estratégia, luta, Argentina, Perón, revolução. Estado geral dos livros da biblioteca dos meus pais: ruim e, em alguns casos, péssimo, deplorável ou irrecuperável.

30

Mais uma vez: meus pais não leram Silvina Bullrich, Beatriz Guido, Ezequiel Martínez Estrada, Victoria Ocampo e Ernesto Sabato. Leram Jorge Luis Borges, Rodolfo Walsh e Leopoldo Marechal, mas não leram Silvina Bullrich, Beatriz Guido, Ezequiel Martínez Estrada, Victoria Ocampo e Ernesto Sabato. Leram Ernesto Guevara, Eva e Juan Domingo Perón e Arturo Jauretche, mas não leram Silvina Bullrich, Beatriz Guido, Ezequiel Martínez Estrada, Victoria Ocampo e Ernesto Sabato. Mais ainda: leram Juan José Hernández Arregui, Jorge Abelardo Ramos e Enrique Pavón Pereyra, mas não leram Silvina Bullrich, Beatriz Guido, Ezequiel Martínez Estrada, Victoria Ocampo e Ernesto Sabato. Dá para passar horas pensando nisso.

32

No começo, eu tomava paroxetina e benzodiazepinas, não mais que quinze miligramas; mas quinze miligramas eram como um espirro no meio de um furacão para mim, algo insignificante e sem efeito, como tentar tapar o sol com uma mão ou levar justiça à terra dos condenados, e por essa razão as doses foram aumentando até alcançar sessenta miligramas, quando já não havia nada mais forte no mercado e os médicos me olhavam como os guias das caravanas nos filmes de faroeste quando dizem que só irão até certo ponto, porque dali para a frente é território comanche, depois dão meia-volta e metem a espora em seus cavalos, mas antes olham para os membros da caravana – sabem que nunca mais vão vê-los de novo e sentem vergonha e pena. Então comecei a tomar também comprimidos para dormir; depois de tomá-los, caía num estado parecido com a morte, e pela minha mente passavam palavras como "estômago", "luminária" e "albino", tudo sem lógica alguma. Às vezes eu anotava as palavras na manhã seguinte, quando me lembrava delas, mas quando ia relê-las me sentia como se estivesse folheando um jornal de um país mais triste que o Sudão ou a Etiópia, um país para o qual eu não tinha visto de entrada nem queria ter, e tinha a impressão de ouvir um caminhão de bombeiros, que vinha em disparada para apagar a porra das chamas do inferno com o tanque cheio de gasolina.

35

Um médico começou a caminhar em nossa direção na outra ponta do corredor e, ao vê-lo, automaticamente nos levantamos. Vou examiná-lo, ele nos avisou, e depois entrou no quarto do meu pai e ficou ali por um tempo. Esperávamos do lado de fora, sem saber o que dizer. Minha mãe olhava pela janela um pequeno rebocador que arrastava um barco muito maior rio acima, em direção ao porto. Eu folheava uma revista sobre carros, embora não saiba dirigir; alguém tinha deixado a revista em cima de uma das cadeiras e eu deixava os olhos deslizarem por suas páginas; aquele exercício me relaxava tanto quanto olhar uma paisagem, embora nesse caso fosse uma paisagem feita de novidades técnicas incompreensíveis. O médico finalmente saiu do quarto e disse que tudo continuava igual, que não havia novidade nenhuma. Achei que um de nós devia perguntar-lhe algo para que, dessa forma, o médico comprovasse que a situação do meu pai realmente nos preocupava, então perguntei como estava a temperatura dele. O médico apertou os olhos um instante, depois me olhou com incredulidade e balbuciou: A temperatura dele está perfeitamente normal, não há nenhum problema com a temperatura dele, e eu lhe agradeci e ele assentiu com a cabeça e começou a se afastar pelo corredor.

36

Naquela manhã, minha irmã me contou que uma vez encontrou uma frase sublinhada em um livro que meu pai tinha deixado na casa dela. Minha irmã me mostrou o livro. A frase era: "Combati o bom combate até o fim, terminei minha carreira: mantive a fé". Era o versículo sete do capítulo quarto da segunda epístola de Paulo a Timóteo. Ao lê-la, fiquei pensando que meu pai tinha sublinhado essa frase para que lhe servisse de inspiração e consolo, talvez também como epitáfio; e me ocorreu que, se eu soubesse quem eu era, se a névoa criada pelos remédios se dissipasse por um momento para que eu pudesse saber quem eu era, também gostaria de ter esse epitáfio, mas depois pensei que eu não tinha realmente lutado, e que ninguém da minha geração tinha lutado; algo ou alguém já tinha nos infligido uma derrota, e nós enchíamos a cara ou tomávamos remédios ou desperdiçávamos nosso tempo de mil e uma maneiras tentando chegar depressa a um final que talvez fosse indigno, mas com certeza seria libertador. Ninguém lutou, todos perdemos e quase ninguém se manteve fiel ao que acreditava, fosse lá o que fosse, eu pensei; a geração do meu pai sim foi diferente, mas, mais uma vez, havia algo nessa diferença que era também um ponto de encontro, um fio que atravessava as épocas e nos unia apesar de tudo, e era espantosamente argentino: a sensação de estarmos unidos na derrota, pais e filhos.

38

Minha mãe começou a preparar uma refeição e eu, que via televisão sem som, pois meu irmão havia abaixado todo o volume, resolvi ajudá-la. Enquanto eu descascava as cebolas, fiquei pensando que aquela receita, em sua gloriosa simplicidade de épocas passadas, logo se perderia em um período de confusão e estupidez, e disse a mim mesmo que eu devia ao menos preservá-la – já que perpetuar esse momento de felicidade compartilhada, talvez um dos últimos com a minha mãe antes de eu voltar à Alemanha, era impossível –, que eu tinha que perpetuar essa receita antes que fosse tarde demais. Peguei uma caneta e comecei a escrever para não me esquecer daquele momento, mas tudo o que consegui fazer foi anotar a receita – uma receita simples e breve, porém significativa para mim, naquele lugar e naquele momento, porque era um resquício de um tempo marcado por ritos, de um tempo de passos precisos e detalhados, tão diferente daqueles dias em que a dor deixava todos nós atordoados.

39

Então aí vai a receita: pegue uma boa quantidade de carne moída, coloque-a sobre um pano de prato limpo, espalhe por cima cebolas bem picadas, pedaços de azeitonas e de ovos cozidos e o que mais você quiser – as opções são infinitas: pimentão picado, passas, damascos ou ameixas secas, amêndoas, nozes, avelãs, verduras em conserva et cetera –, em seguida amasse a carne até que todos os ingredientes estejam bem misturados. Depois tempere com sal, páprica, cominho e pimenta moída, usando o pano para pressionar a carne de maneira que ela forme um bloco compacto, que não se desfaz ao ser manuseado; se a carne estiver muito solta, acrescente um pouco de farinha de rosca para dar liga. Quando a massa estiver pronta, coloque-a em uma fôrma ligeiramente untada com óleo e leve ao forno. Deixe assar até que o bolo de carne – já que é disso que se trata – esteja dourado. Pode ser servido frio ou quente, acompanhado de uma salada.

42

O médico – talvez fosse o mesmo de antes, ou quem sabe fosse outro; todos me pareciam iguais – disse: Tudo pode acontecer. E, na minha cabeça, essas três palavras ficaram dando voltas até que deixaram de ter sentido: Tudo pode acontecer, tudo pode acontecer, tudo pode acontecer, tudo pode acontecer, tudo pode acontecer, tudo pode acontecer...

45

Meu irmão zapeava pelos canais nervosamente até parar em um deles. Estava passando um filme de guerra; embora o argumento fosse confuso e os atores fossem péssimos e se atrapalhassem o tempo todo com a câmera – que parecia ter sido posta de propósito onde não desse para ver o rosto dos personagens ou então nos lugares onde eles teriam que passar, o que causava cortes inevitáveis quando os atores tropeçavam na câmera e a cena precisava ser refeita –, aos poucos fui entendendo que o filme era sobre um homem que – depois de um acidente que não aparecia no filme, mas deduzíamos que tinha sido de carro ou até mesmo de avião – acordava em um hospital sem saber quem era. Naturalmente, os médicos e os muitos policiais que o interrogavam insistentemente também não sabiam quem ele era. Uma enfermeira com cara de açougueira – que no começo do filme parecia especialmente impaciente com o homem e suas insistentes perguntas sobre quem ele era, ou quem tinha sido, e o que fazia ali – acabava ficando com pena dele e lhe contava que tinha encontrado entre suas roupas, ou entre os farrapos de suas roupas, um papel com meia dúzia de nomes, e entregava a ele essa lista. A enfermeira e o paciente faziam um pacto de que ele não falaria disso com ninguém e, sobretudo, não diria nada ao médico-chefe, um homem alto e de aspecto doentio que parecia odiar a enfermeira, de quem ela protegia o paciente quando o doutor duvidava de sua versão dos fatos ou o azucrinava com perguntas. Naquela noite, o paciente fugiu do hospital: tinha decidido procurar as pessoas que estavam na lista e descobrir quem ou o que ele era; com o dinheiro que trazia no momento do acidente – uma quantia enorme, que ele não sabia como tinha conseguido e que a enfermeira lhe entregou às escondidas naquela noite junto com algumas roupas –, ele se instalou em um hotel nos subúrbios da cidade e de lá começava uma busca, consultando principalmente a lista telefônica. Acontece que a busca não era tão simples como o espectador supunha: das seis pessoas, três já tinham morrido ou haviam se mudado de suas antigas casas e outras duas tinham concordado em atendê-lo só para admitir que não sabiam quem ele era nem por que o nome delas aparecia naquela lista; em ambas as ocasiões, a conversa era tensa e terminava mal, com o protagonista sendo posto para fora dos lugares onde aconteciam os encontros. O homem não se surpreendia com o fato de que todas as pessoas de sua lista tinham alguma relação com o hospital. Na lista restava um último nome e, já que essa pessoa se recusava a falar com ele, o protagonista começava a rondar sua casa; ele descobria, um pouco surpreso, que tinha um talento enorme para fazer isso, um talento que lhe permitia espiar sem ser visto e confundir-se na multidão quando fosse perseguido. Um outro talento, que ele descobrira certa noite, era o de arrombar fechaduras; assim, ele conseguia entrar em um aposento escuro, uma espécie de sala de estar mal iluminada; avançava alguns passos no escuro e chegava a outro cômodo, que ele logo descobria que era a cozinha; ao retornar à sala de estar, sentia uma pancada vinda de cima e caía de bruços no chão. Ao se virar, recebia outra pancada, dessa vez no ombro, e caía de novo, mas nesse momento via uma luminária ao alcance da mão e ligava o interruptor: a luz inundava a sala por um momento e o agressor, ofuscado, dava um passo para trás. Então o protagonista agarrava a luminária e desferia com ela uma pancada na cabeça do outro. No trajeto que a luminária percorria no ar em direção ao agressor, e antes que o fio se soltasse da tomada, o protagonista conseguia ver que seu agressor era alto e de aspecto doentio. Caído no chão e com a cabeça aberta pela pancada, o homem tinha um rosto que parecia familiar para o protagonista; ele acendia um pequeno abajur que havia sobre uma mesa e, ao aproximá--lo do rosto do agressor, que parecia morto e talvez estivesse realmente, o protagonista descobria que era o médico-chefe de quem a enfermeira costumava protegê-lo. Como geralmente acontece nos filmes ruins – e este era ruim de verdade, acho que isso estava claro para mim desde o princípio –, a sequência de pensamentos do protagonista era representada visualmente pela repetição de cenas anteriores: o rosto da enfermeira com cara de açougueira, seu antagonismo com o médico-chefe, que ela dissimulava com subserviência, a entrega da lista e do dinheiro, os encontros com algumas pessoas da lista, quase todos médicos e quase todos funcionários do hospital onde ele tinha sido atendido depois do acidente. E havia uma cena a mais, que não havia sido mostrada antes e que, como o protagonista não podia ter assistido a ela – ou, se tivesse assistido durante sua convalescença, não teria entendido nem conseguiria se lembrar –, só podia ser a representação visual de uma suspeita: a enfermeira redigindo a lista com um sorriso demente na cara. Nesse momento, o espectador compreendia que o protagonista tinha sido usado pela enfermeira com cara de açougueira para se livrar das pessoas de quem ela não gostava, ou que alguma vez a humilharam ou maltrataram; e entendia que a partir desse momento a vida dele seria a de um pária no inferno, alguém sem identidade, obrigado a se esconder o tempo todo, a viver uma clandestinidade paradoxal em que teria que ocultar uma coisa, um nome, que ele mesmo ignorava. Como você consegue esconder algo que não conhece?, pensei, mas nesse momento, na tela, ouviu-se um grito: uma mulher, que estava de pé ao lado da escada que ligava a sala de estar ao andar de cima, gritava e se jogava em cima do médico morto, depois se virava para o protagonista e o insultava. O protagonista caminhava em direção à porta e a fechava atrás de si, então começava a correr, e a câmera o observava enquanto ele se afastava de um crime e de uma traição, fugindo para lugar nenhum, para uma vida anônima e clandestina, para sua vingança contra a enfermeira – embora fosse improvável que o protagonista quisesse manchar as mãos de sangue novamente, afinal de contas não parecia uma pessoa violenta – ou para qualquer lugar aonde vão os protagonistas quando os filmes acabam, os créditos começam a subir na tela e depois deles vêm os comerciais.

46

Já vi esse filme, disse minha mãe. Foi um dia em El Trébol, quando seu pai me escondeu lá. Por que você estava escondida?, perguntei, mas minha mãe começou a recolher os pratos e disse que não lembrava, que talvez meu pai tivesse anotado em algum lugar, em algum dos papéis que tinha no seu escritório. Fiz que sim com a cabeça, mas na mesma hora me perguntei por que fazia isso – já que, na verdade, eu não tinha ideia do que minha mãe queria dizer.

47

Algum tempo antes de tudo isso acontecer, tentei fazer uma lista das lembranças que tinha de mim mesmo e dos meus pais, para que a memória, que eu já tinha começado a perder, não me impedisse de lembrar de duas ou três coisas que eu queria guardar para mim, e para que – foi o que eu pensei naquele momento – eu não acabasse como o protagonista daquele filme, alguém que foge de si próprio e ao mesmo tempo é um estranho para si mesmo. Minha lista estava na mochila; deixei minha mãe na sala de jantar e fui lê-la. Era uma lista extremamente breve, considerando que resumia uma vida inteira, e sem dúvida estava incompleta. A lista dizia: Tive uma hepatite grave com cinco ou seis anos de idade; em seguida, ou antes disso, tive escarlatina, catapora e rubéola, tudo no prazo de mais ou menos um ano. Nasci com pés chatos e, para corrigi-los, eu usava uns sapatos enormes que me deixavam horrivelmente envergonhado; na verdade, eu jamais deveria usar tênis. Fui vegetariano por alguns anos e hoje, embora não seja mais, quase nunca como carne. Aprendi a ler sozinho, aos cinco anos de idade; naquela época eu lia dezenas de livros, mas já não me lembro de nada sobre eles, exceto que foram escritos por autores estrangeiros que estavam mortos. Que um escritor possa ser argentino e ainda estar vivo é uma descoberta bastante recente e ainda me causa assombro. Minha mãe diz que não chorei durante os primeiros dias de vida e que o que eu mais fazia era dormir. Minha mãe diz que, durante meus primeiros anos de vida, minha cabeça era tão grande que, quando me deixavam sentado, eu começava a balançar e caía de cabeça para um lado ou para o outro. Eu não chorava; me lembro de ter chorado várias vezes, mas não choro desde a morte do meu avô paterno, em 1993 ou 1994; desde então não choro, provavelmente porque o medicamento não deixa. Talvez o único efeito real do remédio seja que ele não deixa você sentir uma felicidade completa nem uma completa tristeza; é como se a gente flutuasse em uma piscina sem nunca ver o fundo, mas também sem conseguir chegar à superfície. Perdi a virgindade aos quinze anos. Não sei com quantas mulheres fiz sexo desde então. Fugi da creche aonde minha mãe me levava quando tinha três anos; na reconstituição das horas transcorridas entre meu desaparecimento e o momento em que fui entregue a uma delegacia, faltam uns cem minutos em que ninguém sabe onde estive, nem sequer eu mesmo. Meu avô paterno era pintor, meu avô materno era ferroviário; o primeiro era anarquista e o segundo, peronista, acho. Meu avô paterno mijou uma vez no mastro da bandeira em uma delegacia, mas não sei por que nem quando; acho que foi porque não deixaram que ele votasse, ou algo assim. Meu avô materno era guarda na ferrovia que ia de Córdoba a Rosario; antes de passar por lá, o trem passava por Jujuy e Salta, e depois ia a Buenos Aires, onde a linha terminava; esse era o trajeto percorrido pelos explosivos usados pela Resistência peronista mas, embora esse transporte fosse impossível sem a colaboração dos empregados da ferrovia, não sei se meu avô colaborou ativamente nele. Não lembro qual foi o primeiro disco que comprei, mas lembro que escutei a primeira canção que me emocionou dentro de um carro, em um lugar chamado Candonga, na província de Córdoba; foram duas canções em um programa que era transmitido além das montanhas, o que deformava o som, e assim a música parecia vir diretamente do passado. Meu pai não gosta de filmes espanhóis, diz que lhe dão dor de cabeça. Votei durante a década de 1990 na Argentina, sempre em candidatos que não ganharam. Trabalhei em um sebo todos os sábados de manhã, dos doze aos catorze anos. A mãe da minha mãe morreu quando ela era menina, não sei de quê, e desde então, até sua adolescência, minha mãe e a irmã dela moraram em um orfanato; acho que a única coisa que minha mãe se lembra de todos esses anos é que uma vez viu uma freira sem capuz e que sua irmã roubava sua comida. Fui um católico fanático entre os nove e os treze anos de idade; mais tarde, a impossibilidade de compatibilizar a moral cristã com uma ética que fosse coerente com as minhas experiências me afastou do catolicismo, que hoje me parece uma aberração filosófica. O islã me parece a religião mais compatível com o nosso tempo, ao mesmo tempo a mais prática e, portanto, quem sabe, a mais verdadeira. Nenhuma terapia psicanalítica jamais deu certo comigo. Meus pais são jornalistas, de jornal. Gosto dos raviólis, das empanadas e dos bifes à milanesa que minha mãe faz; gosto das saladas que fazem na Turquia, de cozidos húngaros e de peixes. Meu pai cortou um dedo do pé com uma pá, caiu de um cavalo em cima de uma cerca de arame farpado, encharcou-se com gasolina enquanto preparava um churrasco, enfiou os dedos em um ventilador, atravessou uma porta de vidro com a testa e bateu duas vezes com seu carro, embora tudo isso tenha acontecido ao longo de muitos anos e não de forma sucessiva. Minhas avós se chamam Felisa e Clara; bons nomes. Entre os idiomas que aprendi estão inglês, alemão, italiano, português, latim, francês e catalão; falo um pouco de servo-croata e de turco, mas só para viajar. Não gosto de crianças; gosto das pessoas que tropeçam na rua, ou são mordidas por um cachorro, ou sofrem outros acidentes parecidos. Não gosto de ter casa própria; prefiro dormir em casas de pessoas conhecidas. Não me importaria de morrer, mas temo a morte de pessoas queridas e, sobretudo, a morte dos meus pais.

49

Ao sair do hospital, disse a minha mãe que preferia caminhar, mas fiquei ali parado até que ela entrou num táxi, e o táxi partiu desaparecendo em uma esquina. Depois comecei a caminhar em direção à casa, e enquanto fazia isso me distraí observando as pessoas que passavam ao meu lado, os motoristas que seguiam seu caminho – e, ao passar, uivavam palavras que eu não conseguia entender –, e também mulheres e homens que paravam em frente às vitrines. A vida cotidiana da cidade, da qual um dia eu fizera parte, havia continuado depois que eu fui embora e lá, naquele momento, eu tinha a oportunidade de observá-la sem ser observado, como se eu fosse meu próprio fantasma, já que ser um fantasma nada mais é do que ser você mesmo transformado em outra pessoa. Ao olhar para dentro de uma loja, achava que era eu quem estava experimentando um suéter; ao ver as luzes da biblioteca da cidade ainda acesas para os últimos leitores, pensava que eu tinha sido um deles; ao ver alguém lendo ou escrevendo diante de uma janela, ou preparando um jantar fora de hora, sozinho em uma cozinha, lembrava que eu havia sido uma dessas pessoas e que, às vezes, quando lia, escrevia ou cozinhava, tinha a impressão de ouvir uma voz na minha cabeça que me dizia que tudo ia dar certo, que eu escreveria os livros que sempre quis escrever, ou ao menos chegaria o mais perto possível disso, para depois permanecer vazio e sem mais nada a dizer, e que seria publicado pelas editoras que eu mais admirava, e conheceria amigos leais que saberiam beber e rir, e que eu teria tempo para ler tudo o que queria ler e resignação para aceitar que não conseguiria ler tudo, como sempre acontece, e que, em geral, as coisas não dariam errado. E naquele momento, enquanto caminhava pela cidade sem ser observado por ninguém além de mim mesmo, compreendi pela primeira vez que essa voz que havia ressoado tantas vezes dentro da minha cabeça, sobretudo nos piores momentos, nos de maiores dúvidas, era uma voz desconhecida e ao mesmo tempo familiar, porque era minha própria voz, ou a voz de alguém que eu viria a ser e que um dia, depois de ter visto tudo e ter feito tudo e ter voltado, iria me sussurrar, enquanto eu experimentava um suéter em uma loja ou lia na biblioteca ou preparava um jantar fora de hora, que tudo ia dar certo, e me prometeria mais livros e mais amigos e mais viagens. Só que então me perguntei o que aconteceria quando eu voltasse à cidade alemã onde eu morava, será que eu escutaria de novo aquela voz que prometia que outros dias chegariam e que eu veria todos eles, e talvez meu pai também, e que deixaria registro deles, e fiquei pensando se aquela voz dessa vez diria a verdade ou se contaria uma mentira piedosa, como fez tantas vezes no passado.

52

Um fio de luz se infiltrava por baixo da persiana do escritório do meu pai; quando levantei a persiana, no entanto, a luz que entrou era mais fraca do que eu estava esperando. Abri as cortinas e liguei um abajur, mas ainda assim tive a impressão de que a luz era insuficiente. Meu pai costumava dizer ao meu irmão quando ele era menino que podia sair para brincar, mas tinha que estar de volta quando já não conseguisse enxergar as próprias mãos; só que meu irmão conseguia enxergá-las até de noite. Naquele momento, no entanto, e embora ainda não fosse de noite, era eu quem não conseguia enxergar minhas mãos. Senti uma presença atrás de mim e por um momento achei que fosse meu pai, que vinha me dar uma bronca por ter invadido seu escritório, mas depois vi que era meu irmão. Acho que estou ficando louco, eu disse a ele, não consigo enxergar minhas mãos. Meu irmão me olhou fixamente e disse: Eu também. Mas não entendi se ele quis dizer que também achava que eu estava ficando louco ou se ele também não conseguia enxergar as próprias mãos; seja como for, um momento depois ele voltou com uma luminária flexível, que ajustou à mesa e ligou junto com as outras. A luz continuava sendo insuficiente, mas já permitia distinguir alguns objetos na penumbra: um estilete, uma régua, um pote com vários lápis, canetas e marcadores, e uma máquina de escrever colocada em pé para poupar espaço. Em cima da mesa havia uma pilha de pastas, mas não toquei nelas. Sentei-me na cadeira do meu pai e fiquei olhando o jardim, me perguntando quantas horas ele teria passado nesse lugar e se alguma vez pensou em mim enquanto estava lá. O escritório continuava gelado; eu me debrucei sobre a mesa e então peguei uma das pastas que estavam na pilha. A pasta reunia informações para uma viagem que meu pai não chegou a fazer e que talvez não fizesse nunca mais. Larguei-a de lado e peguei outra, que reunia artigos de jornal recentes, assinados por ele; fiquei um tempo lendo-os e depois os deixei de lado. Em uma folha solta encontrei uma lista de livros que meu pai tinha comprado recentemente: uma obra de Alexis de Tocqueville, outra de Domingo Faustino Sarmiento, um guia rodoviário da Argentina, um livro sobre esse gênero musical do nordeste do país chamado *chamamé* e um livro que eu tinha escrito faz tempo. Na pasta seguinte, encontrei a reprodução de uma fotografia antiga, ampliada até os rostos terem se transformado em pontinhos. Nela aparecia meu pai, embora, é claro, não fosse exatamente meu pai, e sim a pessoa que ele era antes que eu o conhecesse: tinha o cabelo comprido, usava costeletas e segurava um violão; a seu lado havia uma jovem de cabelo comprido e escorrido, com uma expressão de uma seriedade surpreendente e um olhar que parecia dizer que ela não tinha tempo a perder, porque tinha coisas mais importantes a fazer do que ficar parada para uma fotografia, ela precisava lutar e morrer jovem. Pensei: Conheço esse rosto, mas depois, ao ler os materiais que meu pai tinha reunido nessa pasta, percebi que na verdade eu não o conhecia, que nunca tinha visto esse rosto e que preferia continuar sem ter visto nem saber nada sobre a pessoa que estava por trás desse rosto, além de não saber nada sobre as últimas semanas do meu pai, porque nem sempre você quer saber certas coisas, já que aquilo que você sabe passa a lhe pertencer, e há certas coisas que você não gostaria de possuir nunca.

II

Deveríamos pensar em uma atitude, ou em um estilo, que possa transformar o que for escrito em um documento.

César Aira, *Las tres fechas*

1

O tamanho da pasta era de trinta por vinte e dois centímetros, e ela era feita de papel-cartão de baixa gramatura, num amarelo pálido. Sua espessura era de uns dois centímetros e estava fechada por dois elásticos que talvez haviam sido brancos um dia e que, naquele momento, tinham um tom ligeiramente marrom; um dos elásticos prendia a pasta na vertical e o outro na horizontal, formando uma cruz; mais especificamente, uma cruz latina. Uns seis ou sete centímetros abaixo do elástico que prendia a pasta na vertical, e uns três centímetros acima da margem inferior da pasta, havia uma etiqueta colada cuidadosamente sobre a capa amarela. As letras da etiqueta eram pretas, impressas sobre fundo cinza; essa etiqueta tinha apenas uma palavra e essa palavra era um nome: "Burdisso".

2

Dentro da pasta, no verso da capa, havia uma etiqueta igual, com o nome completo de uma pessoa, Alberto José Burdisso.

3

Na folha seguinte, aparecia um homem de aspecto retraído cujos traços mal se distinguiam na fotografia, que acompanhava um artigo intitulado "O misterioso caso de um cidadão desaparecido". O texto do artigo era o seguinte:

"Alberto Burdisso mora em El Trébol e é funcionário do Clube Trebolense há muitos anos. O mistério enquanto [sic] a sua pessoa começou a agigantar-se quando na segunda-feira não se presentou [sic] para trabalhar, e na terça-feira também não. A partir de então, começaram as investigações e comentários, e os próprios colegas da instituição começaram a averiguar por conta própria, indo ao seu domicílio na rua Corrientes e verificando que não havia movimento no lugar, só [sic] sua bicicleta jogada no pátio[,] vigiada por seu cachorro[,] que estava do lado de fora.

"Desde domingo, ninguém mais viu o 'Burdi'[,] e ele teria comentado com um colega de trabalho que no fim de semana iria à cidade de *osario. Este [sic] cidadão teria recebido seu ordenado entre sexta e sábado, já que o Trebolense liquida os salários no último dia útil de cada mês.

"'Recebemos uma ligação na segunda às 22 horas, na linha 101. Lá [sic] um colega de trabalho nos disse que ele não tinha aparecido para trabalhar no Clube Trebolense. Falamos com os vizinhos e informamos o Juizado de Primeira Instância de San Jorge[,] que nos autorizou a fazer um "procedimento de averiguação de paradeiro", mas por enquanto[,] em princípio[,] o que não quer dizer que descartemos [sic] outra possibilidade', declarou o delegado Hugo Iussa a *El Trébol Digital*. Além disso, acrescentou: 'Vasculhamos o domicílio dele e não identificamos sinais de violência no local. Temos várias hipóteses e esperamos encontrá-lo'.

"Os colegas de trabalho viram Burdisso pela última vez no sábado, quando saía do trabalho por volta do meio-dia meio--dia [sic]. Lá[,] a um porteiro da Instituição [sic] ele se manifestou sobre [sic] a possibilidade de ir passear em *osario.

"Segundo alguns vizinhos, Alberto José Burdisso[,] de sessenta anos, foi visto pela última vez nas redondezas do seu bairro[,] na rua Corrientes, altura do n. 438, no domingo à tarde.

"Outra particularidade do cidadão é que ele não tem parentes na cidade, só tinha [sic] uma irmã desaparecida na época da Ditadura Militar e alguns primos na zona rural de El Trébol, com quem quase não tinha contato." (Fonte: *El Trébol Digital*, 4 de junho de 2008)

4

Junto a esse artigo de sintaxe absurda estava a ampliação da imagem que o acompanhava na edição digital. A fotografia mostrava um homem de rosto redondo, olhos pequenos e uma boca de lábios grossos paralisada em algo parecido com um sorriso. O homem tinha cabelo muito curto, claro ou grisalho; e, no momento em que a fotografia foi tirada, ele estava recebendo das mãos de outro homem, de quem só se via um braço e um ombro, uma espécie de prato comemorativo. O homem – não há motivos para supor que não seja o próprio Alberto Burdisso: ao contrário, tudo leva a crer que é ele – usava uma camisa esportiva com gola em V, de cor aparentemente clara; nela estavam pendurados óculos sem aro, que o homem, talvez para fazer charme, tinha retirado antes de ser fotografado. O texto do prato comemorativo era ilegível na fotografia.

5

Então deve ser porque ele morava na mesma cidadezinha em que meu pai cresceu, a cidade para a qual a gente costumava voltar periodicamente e onde minha irmã mora, eu pensei na primeira vez em que li a notícia. Hoje, penso também que por trás da sintaxe abstrusa e da gíria policial ridícula – afinal, o que dizer de frases como "mas por enquanto em princípio o que não quer dizer que descartemos outra possibilidade"? – havia uma simetria: eu estava procurando meu pai, e meu pai estava deixando seu testemunho sobre a busca por outra pessoa, uma pessoa que talvez ele conhecesse e que tinha desaparecido.

6

Há também o mistério de quem testemunhava e de quem estava interessado em sua busca, mas esse mistério é quase insolúvel para mim.

7

Que lembranças eu tinha de El Trébol? Campos intermináveis, às vezes amarelos, às vezes verdes, mas sempre muito próximos das casas e das ruas, como se na minha memória a cidade fosse muito menor do que dizem as estatísticas. Um pequeno bosque que tinha crescido ao lado de uma das linhas de trem abandonadas e que a vegetação começava a invadir: no bosque havia rãs e iguanas, que se deitavam nos trilhos nas horas mais quentes e fugiam quando descobriam que estavam sendo espiadas. As crianças diziam que se você fosse obrigado a enfrentar uma iguana deveria tentar sempre ficar de frente para ela, já que uma lambada do rabo da iguana podia cortar fora sua perna. Também era popular entre as crianças a seguinte brincadeira: capturávamos rãs em um canal de irrigação e as metíamos, ainda vivas, em uma sacola de plástico que colocávamos na rua quando passava algum carro; a brincadeira consistia em, após o carro ter destruído a sacola, cada um de nós tentar montar uma rã completa com os pedaços espalhados pela rua; ganhava quem conseguisse completar a rã primeiro. Em frente à rua onde costumávamos brincar desse quebra-cabeça de rãs, havia um velho bar e armazém rural que tinha sido engolido pela cidade, onde meu avô paterno costumava ir ao entardecer para beber um copo de vinho e às vezes jogar baralho. No verão, eu tomava sorvete numa venda chamada Blanrec [sic], mas esse não era o nome do dono que, se bem me lembro, se chamava "Lino"; eu lia muito quando passava os verões por lá, e fazia longas sestas e, em geral, passava muito tempo caminhando pelas ruas, que pareciam as ruas dos vilarejos do Meio-Oeste norte-americano que a gente vê nos filmes da década de 1950; o tipo de construção predominante eram as casas residenciais, e todas estavam sempre fechadas, com as persianas ligeiramente abertas para poder espiar o exterior. Ao entardecer, essa atividade era praticada de forma escancarada, como se tivessem suspendido a norma que permitia fazer isso só em certas horas do dia, e as pessoas costumavam levar uma cadeira para a calçada e sentar-se ali para conversar com os vizinhos. Às vezes também havia gente andando a cavalo pela cidade. Naturalmente, todos se conheciam e se davam bom-dia, boa-tarde ou o que fosse, e se cumprimentavam com nomes ou apelidos sem usar os sobrenomes, porque cada um desses nomes e apelidos trazia consigo uma história que era a história do indivíduo que o possuía e a de toda a sua família, a presente e a passada. Alguns dos tios do meu pai eram surdos-mudos e, portanto, eu era do clã dos surdos-mudos, ou era o neto do pintor; os surdos-mudos fabricavam mosaicos para pisos, uma profissão que acho que aprenderam na prisão, e tinham cachorros que respondiam a nomes que eles conseguiam pronunciar apesar de não conseguirem falar de fato: eram chamados de "Cof", "Pop" e outros nomes parecidos. Nunca houve roubos significativos na cidade e seus habitantes costumavam deixar as portas abertas no verão, os carros abertos e as bicicletas jogadas na grama dos jardins em frente das casas. Perto da casa dos meus avós, um homem tinha um terreno onde criava coelhos; outro tinha uma loja de secos e molhados cujas prateleiras iam até o teto, que era muito alto. Eu gostava do pão que esse homem vendia. Gostava também dos chás gelados que minha avó fazia e das canções assobiadas pelo meu avô, que estava sempre assobiando ou cantarolando alguma coisa; ele tinha as mãos estragadas pela aguarrás que usava para tirar as manchas de pintura, mas, pelo que sei, já tinha passado por tempos piores. Não havia livraria na cidade nem biblioteca; só uma loja de duas velhinhas que vendiam jornal e alguns quadrinhos, que eu comprava se elas achassem adequados para a minha idade e julgassem que não tinha nada impróprio neles. Não havia absolutamente mais nada para fazer nesse lugar, exceto ir ao cinema, que ficava na rua principal e oferecia uma sessão dupla para crianças; já que o cinema não fazia parte do circuito comercial e possuía um acervo limitado de filmes, era inevitável que eles acabassem se repetindo, de modo que nós precisávamos procurar outra diversão durante a sessão dupla: colocávamos caramelos na boca e, quando já tínhamos salivado o suficiente e eles já estavam úmidos e pegajosos, jogávamos aquela gosma nos cabelos das meninas que ocupavam as primeiras fileiras; alguns, especialmente cruéis, substituíam os caramelos por chicletes: a tentativa de tirar com as mãos o chiclete grudado nos cabelos fazia com que ele grudasse mais ainda, aí havia choro, gargalhadas e ameaças. Eu também gostava do mel produzido por um apicultor da cidade, mas, com exceção dessas coisas, não havia nada para fazer além de espiar e ser espiado e manter uma aparência de responsabilidade e seriedade que até as crianças eram obrigadas a simular, com a visita semanal e obrigatória à igreja e o respeito às celebrações nacionais e, de maneira geral, com o cultivo constante da hipocrisia e das aparências, que pareciam ser parte de uma tradição local da qual os habitantes de El Trébol eram particularmente orgulhosos e tinham decidido tacitamente defender contra os embates da verdade e do progresso, que nessa cidade eram considerados estrangeiros.

8

O artigo seguinte era do mesmo jornal digital e tinha sido publicado um dia depois do primeiro. Eis o que ele dizia: "Alberto

Burdisso continua sumido. Setenta e duas horas depois do seu desaparecimento, não há muitas pistas para orientar as buscas na cidade e na região. Depois de um dia intenso na quarta-feira, quando a polícia local não parou de tomar depoimentos de colegas de trabalho, familiares, vizinhos e amigos, os Bombeiros Voluntários[,] juntamente com a própria polícia[,] vasculharam minuciosamente a região, estradas rurais, chácaras, taperas e casas abandonadas adjacentes do [sic] bairro onde Burdisso reside[,] com resultado totalmente negativo. 'Realizamos patrulhas e buscas em zonas urbanas e suburbanas em espiral [sic], mas até o momento não encontramos nada. Continuaremos o dia todo com mais buscas. Trabalhamos nas áreas de córregos, esgotos e também de terrenos baldios[,] mas[,] até agora[,] nada', explicou Hugo Yussa [sic] a *El Trébol Digital*. Alberto Burdisso foi visto pela última vez no domingo à noite perto da sua residência[,] na rua Corrientes, altura do n. 400.

"No percorrer [sic] da tarde de quarta-feira, surgiu outra informação importante: o cartão de débito de Burdisso tinha ficado preso no caixa eletrônico do Banco Nación. 'Essa história do cartão aconteceu ao longo do dia de sábado', explicou Iussa[,] da 4ª Delegacia de Polícia. As equipes de busca pediram às entidades bancárias Credicoop (dali [sic] foi emitido o cartão) e Banco Nación (onde o cartão foi encontrado em seu caixa [sic]) que fornecessem informações sobre movimentações nas contas bancárias do cidadão desaparecido."

9

As folhas seguintes estavam grampeadas na margem superior esquerda; eram folhas impressas, em péssimo estado, com uma pequena história de El Trébol, que meu pai tinha corrigido e anotado à mão: "Fundar, se é que podemos aplicar esse termo ao nascimento de El Trébol [ilegível]. Como não há um ato único nem uma vontade expressa ligada a uma data precisa, determinar a data de fundação [rasurado à mão]. A situação mostra-se ainda mais complicada, porque foram planejados quase simultaneamente três núcleos urbanos [...]: Pueblo Passo em 1889, El Trébol em 1890 e Tais em 1892. A união dessas três cidades é realizada em 1894 quando, por decreto provincial, é fundado o município, sob a denominação única de El Trébol, cuja [ilegível]. Em 15 de janeiro de 1890, parte de Cañada de Gómez o primeiro trem que passou por [ilegível], familiares e amigos imigrantes com o propósito de se estabelecer nestas terras [ilegível] do Ferrocarril Central Argentino, como a data de fundação de El Trébol, sem desmerecer nem menoscabar [rasurado à mão] sua complexa inter-relação configuram [ilegível] rural [ilegível]. O nome surgiu durante a construção do ramal do Ferrocarril Central Argentino [ilegível] financiado com capitais de origem britânica, sendo esta empresa subsidiária a encarregada da denominação das estações que [ilegível] três estações seguidas receberam o nome dos símbolos da Grã-Bretanha. Assim surgiram: 'Las Rosas' por causa das rosas vermelhas e brancas do escudo da Inglaterra; 'Los Cardos' para lembrar da Escócia; e 'El Trébol' em homenagem à flor típica da Irlanda [ilegível] primeiros colonos que chegaram para se instalar em nossa colônia por volta de 1889 foram [ilegível] em 1895, o censo nacional naquele ano registrou 3.303 habitantes na zona rural e 333 no centro urbano, o que mostra [ilegível] eram em sua maioria italianos, embora também houvesse espanhóis, franceses, alemães, suíços, iugoslavos, russos, 'turcos' que chegaram apinhados nos barcos com passagens de terceira classe e em sua maioria [ilegível]. Em 1914 adquiriu-se dos sres. [sic] Victorio De Lorenzi e Marcos de la Torre o terreno onde [ilegível] e em 1918 se efetuam algumas ampliações, uma parte é alugada para a delegacia de polícia e um auditório é construído [ilegível]. Em 1941, quando são realizados os festejos do cinquentenário de El Trébol, se [ilegível] a decisão de erigir um monumento comemorativo. Para este fim, encomendou-se à escultora Elisa Damiano [ilegível] criação do referido monumento. O motivo escultórico que foi concebido apresenta uma base formada por quatro figuras com as mãos entrelaçadas, que simbolizam os protótipos humanos da nossa região. No topo, uma figura feminina que simboliza a abundância da colheita, materializada pela espiga de trigo e um saco do mesmo cereal. A placa colocada sobre a face oeste traz esta inscrição: 'O povo de El Trébol aos primeiros imigrantes'. Um pequeno grupo de espanhóis funda em 1901 a Sociedad Española, em 1905 [ilegível] que foi obra exclusiva dos sócios já que foi construída por eles mesmos, trabalhando aos domingos, e dessa forma conseguiram inaugurar o Teatro Cervantes. Entre 1929 e 1930 é realizada a ampliação do salão, da decoração interior e dos camarins. A principal festa eram as romarias espanholas, comemoradas em 12 de outubro, Dia da Raça [sic]. Organizavam-se grandes bailes e o salão era iluminado com lampiões de gás de mercúrio, já que não havia eletricidade. Eram contratadas bandas de música e sanfoneiros. Esses músicos vinham de Buenos Aires e eram recebidos na estação de trem, iniciando-se a partir dali um desfile pelas ruas da cidade, e tochas acesas eram distribuídas aos participantes que acompanhavam as bandas [ilegível] sucumbe em 1945 [ilegível]. Em 1949, decide-se erigir um mastro e altar da pátria no centro da praça, razão pela qual foi demolido o tradicional [ilegível]. Além disso, a praça foi batizada de General San Martín [ilegível] inaugura o primeiro templo católico de El Trébol, sob a proteção de São Lourenço Mártir. Em 1921, o presbítero Joaquín García de la Vega é [ilegível] e em 1925 coloca-se [ilegível] monumental edifício de estilo toscano renascentista [rasurado]. Em setembro [acrescentado à lápis: 'de 1894'] os senhores Enrique Miles, Santiago Rossini e José Tais são designados para construir o cemitério. Em 19 de novembro do mesmo ano, é fundada oficialmente a Sociedad Italiana de Socorros Mutuos 'Estrella de Italia'.

No ano de 1896 é nomeado o primeiro coveiro, Casimiro Vega [ilegível]. No ano de 1897 decide-se construir o matadouro municipal [ilegível]. Em 16 de setembro de 1946 é fundado o Clube Atlético. O [ilegível] é inaugurado o Clube de Doadores Voluntários de Sangue. No ano de 1984, realizam-se as cerimônias para elevar a vila à categoria de cidade mediante a sanção de uma lei provincial [ilegível]. Festa Nacional da Ordenhadeira [ilegível] fabricação da primeira ordenhadeira mecânica da América do Sul [ilegível], a Rainha Nacional, selecionada entre diferentes locais da província de Santa Fé. O primeiro festejo foi organizado pelo Clube Atlético Trebolense, em [ilegível] do Tango: devido ao notável desenvolvimento que a música pátria alcançou em El Trébol durante a última [ilegível] que sonharam para seus descendentes [rasurado à mão] no mês de fevereiro na recém-inaugurada passarela de carnaval, organizado pela prefeitura de El Trébol, onde se pode apreciar o desfile de carros alegóricos, blocos carnavalescos, candidatas à Rainha do Carnaval, brincadeiras com espuma, e o baile popular ao [ilegível] no coração da chamada 'Pampa Úmida', a maior zona produtora de cereais da América do Sul e uma das mais importantes do mundo em termos da qualidade e quantidade de terra cultivável, apta para todo tipo de espécies vegetais e criação de gado".

10

Outro artigo, do mesmo jornal e publicado em 6 de junho de 2008: "O delegado Odel Bauducco deu detalhes a *El Trébol Digital* sobre a busca intensa que está sendo realizada. 'Comecei a trabalhar nessa busca tanto por razões pessoais como profissionais. Os bombeiros se ofereceram para trabalhar e estão colaborando com a gente nas buscas. Por exemplo, ontem os bombeiros trabalharam na zona rural, em María Susana, [Las] Bandurrias e Los Cardos[,] sem resultados.' Sobre eventuais buscas fora das fronteiras da cidade, Bauducco afirmou: 'No próprio domingo[,] uma foto dessa pessoa chegou a cada delegacia do país. Sabemos o que aconteceu até as seis da tarde de domingo, quando ele foi a um imóvel particular. Depois disso, ninguém sabe dizer mais nada sobre ele. Não posso declarar o que ele fez ou o quê [sic] disse nessa residência, porque isso está sob segredo de justiça'.

"O delegado, além disso, desmentiu algumas versões e rumores que circularam pelas ruas nas últimas horas: 'Não tenho conhecimento de que ele tenha sido visto por alguém na segunda de manhã em um estabelecimento bancário. O cartão de débito foi encontrado antes de ele ter sido visto pela última vez. Inclusive, tenho em meu poder o ticket [sic] do cartão que foi encontrado em sua residência. Agora, solicitamos que qualquer pessoa que saiba algo sobre ele venha nos trazer informações'."

11

Em uma folha impressa, uma série de dados que pareciam extraídos de uma enciclopédia – "32°11'21"S 61°43'34"O; 92 metros acima do nível do mar; 344 quilômetros quadrados; 10.506 habitantes, aproximadamente; gentílico: trebolense; código postal: S2535; prefixo telefônico: 03401" – e logo abaixo algumas anotações manuscritas, provavelmente feitas por meu pai: "dois times de futebol: o Clube Atlético Trebolense e o Clube Atlético El Expreso; 'El Celeste' e 'El Bicho Verde'; e o 'Clube San Lorenzo', que está ao lado da igreja; quatro escolas primárias, duas escolas secundárias e uma escola especial; 16 mil habitantes".

12

"Sem novidades no caso Burdisso. Alberto José Burdisso continua sumido. Parece que foi engolido pela terra desde domingo passado. Uma semana depois do seu desaparecimento, as informações e pistas são escassas. Só apareceu seu cartão de débito, preso no caixa eletrônico do Banco Nación no sábado. Depois disso, não se sabe de mais nada. Os folhetos distribuídos por seus colegas de trabalho indicam o desespero e o interesse deles em encontrar rastros. A polícia dá pouquíssimas informações, e o resto está sob segredo de justiça. Os Bombeiros Voluntários terminaram na quinta-feira passada as buscas por toda a região, e no fim de semana foi rapidamente desmentido um boato de que o corpo do funcionário desaparecido do Clube Trebolense teria sido encontrado sem vida em um poço. Houveram [sic] interrogatórios na polícia e[,] além disso[,] buscas em diversos lugares. Nós, cidadãos de El Trébol, exigimos uma explicação ou uma resposta a um mistério que não podemos ignorar[,] porque isso poderia acontecer a todos nós." (*El Trébol Digital*, 9 de junho de 2008)

13

Um folheto, dobrado no canto superior esquerdo, com a mesma fotografia do desaparecido que tinha sido usada para ilustrar o artigo do dia 4, e o seguinte texto:

Alberto Jorge Burdisso.
Procura-se.
Foi visto pela última vez no dia 1º de junho de 2008. Qualquer informações [sic] entrar em contato com os colegas de trabalho do C. A. Trebolense,
Polícia 101, Bombeiros 100
Agradecemos qualquer informação,
Seus colegas de trabalho.

14

Uma pesquisa de opinião, publicada no mesmo jornal local sob o título "Qual a sua opinião sobre o caso Burdisso?", revela as principais hipóteses sobre o desaparecimento e o que os habitantes da cidade pensavam sobre o assunto. Seus resultados são os seguintes: "Ele vai reaparecer (2,38%); Ele não vai mais reaparecer (13,1%); Ele vai reaparecer com vida (3,57%); Ele vai reaparecer morto (25%); Ele foi embora sem avisar (4,76%); Foi um crime passional (25%); Ele foi sequestrado (8,33%); Ele morreu de causas naturais em algum lugar (3,57%); Ele foi embora da cidade por alguma razão (2,38%); Não tenho opinião (11,9%)". Uma olhada rápida nessas cifras revela que a maioria dos habitantes da cidade – muitos deles envolvidos na busca pelo desaparecido, como afirma a imprensa local – acreditava então que ele seria encontrado morto, e que a razão do seu desaparecimento era um crime passional. No entanto, quem se interessaria em cometer um crime passional contra um reles empregado de um clube de província, uma espécie de idiota faulkneriano cuja presença na cidade, que havia passado despercebida até então para todos os seus habitantes com exceção de um pequeno círculo, era tolerada do mesmo jeito que toleramos uma tempestade de areia ou uma montanha, com uma resignação indiferente?

15

Aliás, se somarmos os percentuais mencionados acima, o resultado dá 99,99%. O 0,01% restante, que está faltando ou foi um erro da estatística, parece ocupar o lugar do desaparecido; parece que está representando aquilo que não se pode dizer, que não se pode sequer nomear: todas as possíveis explicações do desaparecimento que os redatores da pesquisa deixaram de mencionar – e que podem ser mencionadas aqui brevemente, mesmo que saibamos que são improváveis ou falsas: ele ganhou na loteria, ele decidiu viajar e está agora na França ou na Austrália, ele foi abduzido por extraterrestres et cetera – e que só servem para provar que a realidade não pode ser totalmente reduzida a uma estatística.

16

"Dez dias sem Burdisso: Alberto José Burdisso morava sozinho em sua casa na rua Corrientes, altura do n. 400, na cidade de El Trébol. Sua residência fica a quatro quarteirões do Clube Trebolense, onde ele frequentava [sic] havia muitos anos pela manhã e à tarde, de segunda a sábado, para realizar suas tarefas de trabalho. Era uma pessoa simples, popular e amigável com as pessoas ao seu redor. Quase não tinha família, salvo algum parente que vive na zona rural da cidade e com quem não tinha relações. [...] Na segunda-feira, 2 de junho[,] quando não apareceu para trabalhar, seus colegas do clube se estranharam [sic], e à tarde chamaram a polícia e lhes comentaram [sic] sobre sua ausência. Na mesma segunda-feira, à noite, quando os amigos foram até casa dele[,] encontraram a bicicleta jogada no pátio da casa e, ao lado, seu fiel cachorro[,] que o seguia onde quer que fosse. [...] Os bombeiros da cidade continuaram a fazer buscas em espiral partindo de seu domicílio. Vasculhou-se cada estrada rural, cada tapera e cada casa deshabitada [sic], além da lagoa de tratamento de esgoto e das valas de irrigação. Foram quatro ou cinco dias de busca desesperada. Chegaram até Las Bandurrias, Bouquet, Pueblo Casas, María Susana e Los Cardos. [...] Enquanto isso[,] já se passaram dez dias desde o seu desaparecimento. Como informações assessórias [sic], mas não menos importantes, vale assinalar que 'Burdi' recebeu três anos atrás um dinheiro [...] do qual não sobrou nada. Que vivia de um salário que o clube lhe pagava religiosamente no último dia útil de cada mês (por coincidência, ele recebeu seu pagamento na sexta-feira antes de desaparecer). Que era uma pessoa que tinha 'companhias temporárias' e pouco mais do que isso.

"Ninguém sabe de nada. Ninguém viu nada, ninguém escutou nada. Na cidade todos falam do assunto em voz baixa[,] como se estivessem com medo de alguma coisa, sem saber que, se deixarmos que coisas assim aconteçam, amanhã o mesmo pode acontecer com qualquer um de nós.

"A esse respeito[,] o delegado Bauducco declarou: 'Não me sinto pressionado pelas pessoas da cidade, porque essas coisas acontecem e estamos trabalhando muito para tentar esclarecer [o caso]. [...] Temos novos depoimentos de testemunhas e novas pistas para seguir. Pode haver novidades nas próximas horas, ou não. [...] Eu peço às pessoas que queiram comparecer e nos trazer alguma informação que serão bem-vindas [sic]. Ninguém foi preso porque não há delito[,] em princípio. É óbvio que[,] no caso de a pessoa aparecer falecida, [sic] deixaria de ser um caso de averiguação de paradeiro e trabalharíamos em outras direções'.

"Um instante mais adiante [sic], Bauducco disse: 'Dentro da casa de Burdisso não foi encontrado nenhum sinal de violência nem indícios de que ele fosse viajar. A porta estava trancada e há outros detalhezinhos' [sic]." (*El Trébol Digital*, 11 de junho de 2008)

17

Nesse artigo pode-se perceber pela primeira vez que o caso Burdisso tinha deixado de ser um tema policial – lamentável, sim, confuso, sim, mas também bastante pueril – para se tornar uma espécie de ameaça imprecisa, mas que afeta o coletivo. "Ninguém sabe de nada. Ninguém viu nada, ninguém escutou nada. Na cidade todos falam do assunto em voz baixa[,] como se estivessem com medo de alguma coisa", escreve o autor anônimo do artigo. E, no entanto, ele nunca especifica o que poderia acontecer com essas pessoas, se é o desaparecimento ou o que estiver por trás dele, um acidente ou um assassinato, talvez relacionado ao dinheiro mencionado, embora o texto também diga que não sobrou nada. E por que um idiota faulkneriano receberia todo esse dinheiro?, me perguntei. E o que eram esses "detalhezinhos" mencionados pelo policial? Nesse ponto, também, o desaparecido deixava de ser o motivo de preocupação dos habitantes da cidade e, em seu lugar, no lugar deixado pelo desaparecido, o que emergia era um medo coletivo, o medo de que o caso se repetisse e, de certa forma, o medo da perda da tranquilidade quase proverbial de El Trébol. Nesse ponto, pode-se dizer, ocorria a passagem inevitável da vítima individual à vítima coletiva, como atesta o seguinte artigo, publicado no mesmo jornal local: "Os amigos de Alberto Burdisso, o cidadão desaparecido misteriosamente onze dias atrás, organizaram uma marcha até a praça San Martín para pedir o esclarecimento do caso que é[,] a esta altura dos dias [sic], um mistério absoluto para os trebolenses. A concentração está prevista para as cinco da tarde e espera-se bastante gente no local. Mabel Burga, na manhã de quarta-feira, convocou pela Rádio El Trébol: 'Venham todos os que acharem que é importante apoiar o Alberto e a segurança em El Trébol'".

18

Em seguida, na pasta do meu pai, havia um mapa dobrado em quatro; era um mapa da região de El Trébol e estava anotado com um marca-texto amarelo e duas canetas, uma de tinta vermelha e outra de tinta azul: com o marca-texto, tinham sido destacadas zonas inteiras; e com a caneta azul, os itinerários da polícia encarregada da investigação. A caneta vermelha fora usada para marcar os itinerários de busca percorridos por outra pessoa, que escolheu principalmente os lugares onde a polícia não havia procurado, os matagais e casas abandonadas da periferia e um ribeirão perto dali. Nas margens do mapa, apareciam algumas indicações ilegíveis escritas à mão com uma letra apressada, mas propositadamente minúscula, para aproveitar as margens da imagem. Essa letra, ainda consigo reconhecê-la, era do meu pai. O mapa estava rasgado e tinha traços de barro no canto superior direito, o que levava a crer que tinha sido utilizado em campo mesmo, durante uma busca, por meu pai.

19

Uma manchete do dia 13 de junho, no *El Trébol Digital*: "A polícia usa cachorros para tentar achar Burdisso".

20

Nesse mesmo dia, a imprensa regional mostrou interesse pelo caso pela primeira vez; na pasta do meu pai havia uma fotocópia de uma notícia publicada no jornal *La Capital* de *osario, com o título "El Trébol vai às ruas para exigir que um de seus cidadãos seja encontrado". Alguém, suponho que meu pai, tinha sublinhado o essencial do artigo, que é o seguinte: "'Contra a impunidade e a favor da vida', é a palavra de ordem desta marcha que exigirá que o desaparecimento seja investigado até as últimas consequências. [...] Na casa de Burdisso, os policiais encontraram as luzes acesas, com sinais de ter sido revirada e com alguns pertences aparentemente faltando. [...] Na terça-feira, uma das instituições bancárias da cidade entregou à polícia local o cartão de débito de Burdisso, que tinha ficado preso no caixa eletrônico, embora não haja imagens de câmeras de segurança que ajudem a identificar quem tentou utilizá--lo. Além disso, consta que o cartão teria sido retido pelo caixa eletrônico no sábado, 31 de maio, ao meio-dia; ou seja, vinte e quatro horas antes do seu desaparecimento. [...] Sabe-se que esse dinheiro durou pouco e que, com parte dele, Burdisso comprou uma casa em sociedade com uma das mulheres que o acompanhavam de tempos em tempos. Também comprou veículos e consta que[,] depois de receber essa soma, começou a andar com gente de 'má fama', e que por isso teria dilapidado todo o dinheiro [...]".

21

Um leitor ingênuo poderia se perguntar, a essa altura, como é que a imprensa regional afirma que a polícia encontrou rastros de violência na casa do desaparecido quando a imprensa local afirma que não foi assim, que ao ir procurá-lo seus amigos encontraram a porta da casa trancada e a bicicleta – sem esquecer o detalhe tão literário do "fiel cachorro" que seguia seu amo "aonde quer que fosse" – em frente à casa. O leitor poderia se perguntar por que a câmera de segurança do caixa eletrônico não estava funcionando no momento em que o cartão de débito do desaparecido foi utilizado pela última vez. O leitor ingênuo poderia ainda se perguntar quem seriam as pessoas de "má fama" que o artigo menciona, mas aí, para quem já morou na cidade onde ocorreram os fatos, a resposta é simples: em El Trébol, uma pessoa de "má fama" é qualquer um que não tenha nascido na cidade. Um estrangeiro, mesmo que sua estrangeirice remonte a um par de quilômetros de distância, ao suposto infortúnio de ter nascido do outro lado de um riacho, um pouco depois de um bosque de eucaliptos ou no lado oposto da linha do trem, em todo o universo que começa nos limites da cidade e que para os habitantes de El Trébol é um mundo inóspito e hostil, onde sua carne é cortada pelo frio e queimada pelo calor e não há sombra nem abrigo.

22

Nesse ponto, os artigos que meu pai tinha reunido começavam a se repetir. Só consegui reter algumas frases: "Os bombeiros procuraram Burdisso nas zonas rurais"; "com resultados negativos [...]"; "'É muito difícil fazer buscas assim, sem pistas', declarou o chefe dos bombeiros[,] Raúl Dominio a [...]"; "Na sexta-feira passada, retomamos a busca novamente com policiais, bombeiros e funcionários municipais, [...] esta vez [sic] usamos muito mais gente, e cada setor foi vasculhado palmo a palmo"; "trabalharam na busca a Brigada Especial de Operações com Cães da Polícia de Santa Fé e detetives especializados, mas não conseguiram encontrar o homem" et cetera. De todos os artigos, um se destacava, publicado em *El Ciudadano & La Región* da cidade de *osario. Um de seus parágrafos começava assim: "Alberto José Burdisso mora sozinho em sua casa na rua Corrientes, altura do n. 400, na cidade de El Trébol"; eu sabia que esse era o jornal onde meu pai trabalhava e sabia também que nessa frase havia um desejo ou uma esperança, contidos no tempo verbal usado pelo redator, e percebi que esse redator era meu pai e que, se ele pudesse prescindir das convenções da escrita jornalística, seria mais direto e expressaria sua convicção, seu desejo ou sua esperança, sem recursos retóricos, abertamente e sem eufemismos: "Alberto José Burdisso está vivo".

23

"Em uma manifestação com uma multidão de quase mil pessoas, a cidade de El Trébol protestou contra a impunidade do caso Burdisso e a ausência de respostas sobre seu misterioso desaparecimento.

"Desde as cinco da tarde do feriado de segunda-feira[,] a praça começou a se encher de gente que[,] por iniciativa própria[,] organizou um abaixo-assinado que ira [sic] parar nas mãos do juiz Eladio García, da cidade de San Jorge. [...] O primeiro a falar foi o dr. Roberto Maurino, colega de Burdisso na escola primária[,] quem [sic] dirigiu palavras ao público. [...], declarou Maurino a um público atento que não parava de assinar petições. Pouco depois foi Gabriel Piumetti, um dos organizadores da marcha junto com sua mãe[,] quê [sic] declarou [...]. As pessoas aplaudiram cada palavra[,] e os gritos de 'justiça, justiça!' ecoaram no anfiteatro por um bom tempo.

"Depois dos primeiros discursos, alguém no meio do público grito [sic] 'Queremos ouvir o delegado!'[,] que estava no meio da multidão. Foi então que o titular da 4ª Delegacia de Polícia da cidade[,] Oriel [sic] Bauducco, expressou [...]. Nesse momento surgiram protestos veementes de parte do público e várias perguntas se fizeram ouvir: 'Por quê [sic] só colocaram os cachorros pra procurar o Burdisso dez dias depois do desaparecimento dele?'[,] disparou uma cidadã[,] e imediatamente veio outra pergunta: 'Por quê [sic] deixaram que a casa do Burdisso fosse arrumada e esvaziada dois dias depois do desaparecimento, quando ela deveria ter sido cercada por faixas de segurança?'. Foi esse o momento de maior tensão na praça, diante de um público que cravou os olhos na autoridade máxima, esperando uma resposta que nunca chegou. [...] conseguiu dizer Bauducco[,] que depois escutou como [sic] diferentes cidadãos criticavam a falta de batidas policiais nas ruas e a ausência de patrulhamento na cidade.

"Minutos depois, o prefeito Fernando Almada se dirigiu ao público pedindo [...]. Além de Almada, foram vistos no meio do público os vereadores da cidade, o ex-prefeito, hoje secretário de [...], e os empregados e o comitê diretor do Trebolense, onde Alberto Burdisso trabalhava." (*El Trébol Digital*, 17 de junho de 2008)

24

No canto inferior do artigo havia uma fotografia. Ela mostrava um grupo de pessoas – talvez fossem de fato mil, como afirma o redator anônimo do artigo, embora não pareça – que escutavam um orador calvo. No fundo da fotografia, uma igreja que eu conhecia, com uma torre desproporcional em relação ao resto do edifício, que parecia um cisne encolhido, esticando o pescoço em busca de algum alimento. Ao vê-la, lembrei que meu pai uma vez me contou que meu bisavô paterno subiu na antiga torre da igreja, que tinha sido danificada em um terremoto ou alguma catástrofe natural semelhante, para limpar os escombros e assim permitir que ela pudesse ser reconstruída; e sua coragem não foi pouca, já que as vigas de madeira da torre tinham apodrecido por terem permanecido ao ar livre, e ao fazer isso meu bisavô tinha colocado em risco sua vida e a sequência inevitável de paternidades que chegava até nós; mas naquele momento não consegui lembrar se meu pai tinha me contado a história ou se ela era inventada, algum devaneio nascido da semelhança imaginária entre a magreza da torre e a do meu avô paterno tal como ele aparece nas minhas lembranças, e ainda hoje não sei se foi meu bisavô paterno ou meu bisavô materno que subiu na torre, e também não sei se a torre da igreja algum dia sofreu de fato algum dano, já que as catástrofes naturais são raras em El Trébol, e, além disso, na região não costuma haver terremotos.

25

"Três casos de homicídio, desaparecimento e sequestro em um ano na cidade", afirmava outro artigo, e destacava: "Três casos impunes".

26

Mais uma vez, a palavra-chave aqui era "desaparecimento", repetida de uma maneira ou de outra em todos os artigos, como se fosse uma insígnia fúnebre na lapela de todos os inválidos e infelizes da Argentina.

26

Um artigo do matutino *La Capital* da cidade de *osario do dia 18 de junho ampliava, corrigia e contextualizava a informação do artigo precedente: a manifestação tinha reunido oitocentas pessoas e não mil, e o abaixo-assinado solicitava "que a investigação não se limite à averiguação de paradeiro", o que, somado à alternância do pretérito imperfeito e do pretérito perfeito na maior parte dos discursos pronunciados naquele dia, fazia supor que os manifestantes suspeitavam que Burdisso tinha sido assassinado e exigiam que a justiça considerasse essa possibilidade. Ao mesmo tempo, o caráter massivo do protesto, com sua advertência explícita de que o que tinha acontecido com Burdisso podia acontecer também com outras pessoas, parecia deslocar o foco de atenção do fato policial isolado para a ameaça onipresente e generalizada. A essa altura, pode-se dizer que as oitocentas pessoas que participaram da manifestação – um número insignificante, se, como afirma outro artigo, lembrarmos que a população da cidade é de treze mil pessoas – já deixavam de pedir "justiça" para Burdisso e passavam a exigi-la para si próprios e suas famílias. Ninguém queria que acontecesse consigo mesmo o que havia ocorrido com Burdisso e, no entanto, ninguém sabia naquele momento o que tinha acontecido de fato com ele e ninguém se perguntava por que tinha acontecido com ele e não com outra pessoa, com alguma das pessoas que exorcizavam seu medo com uma manifestação e um abaixo-assinado.

27

Um par de cartas de leitores publicadas no *El Trébol Digital* em 18 e 19 de junho desse ano: uma denunciava "o humor negro" de uma mensagem anônima que propunha uma marcha pelo desaparecimento, não de Burdisso, e sim dos rivais esportivos do seu time; outra se perguntava se Burdisso tinha sido "engolido pela terra".

28

Uma pesquisa de opinião, publicada no mesmo jornal em 18 de junho, oferecia apenas ligeiras variações com relação à pesquisa anterior, publicada uma semana antes. "Ele vai reaparecer (2,64% contra 2,38% da pesquisa anterior); Ele não vai mais reaparecer (11,45% contra 13,1%); Ele vai reaparecer com vida (2,64% contra 3,57%); Ele vai reaparecer morto (28,63% contra 25%); Ele foi embora sem avisar (5,29% contra 4,76%); Foi um crime passional (24,67% contra 25%); Ele foi sequestrado (5,29% contra 8,33%); Ele morreu de causas naturais em algum lugar (2,20% contra 3,57%); Ele foi embora da cidade por alguma razão (5,73% contra 2,38%); Não tenho opinião (11,45% contra 11,9%)."

29

O título de outro artigo: "Agentes da Criminalística chegam à cidade para tratar do caso Burdisso". A data de sua publicação: 19 de junho de 2008. O relato sobre a atuação da polícia local, a cargo do chefe da Unidade Regional XVIII: "[...] sobre a rapidez com que o domicílio de Burdisso foi ocupado e a demora na chegada da brigada de operações com cães à cidade, dr. Gómez declarou: 'São duas coisas diferentes. Quanto à moradia dele [sic], vocês têm que entender que, como não há provas de que aconteceu algum fato trágico, não é possível bloquear a moradia. Quanto aos cachorros, é porque fomos procurando elementos mais finos [sic]. A brigada de cachorros esteve presente e logo estará de novo. Vamos procurar Burdisso em todo o território nacional e, desde o primeiro momento, estamos fazendo isso'". Uma declaração, do mesmo funcionário: "Até o momento, esperamos encontrá-lo com vida".

30

"Peço que encontrem o Burdisso se ele tiver ido embora por vontade própria, e se ele for encontrado morto peço que encontrem os culpados. Peço a todos que estiveram aí [sic] [na manifestação do dia 17], [que] também fizeram isso por compromisso, ninguém está a salvo de nada, pode acontecer a qualquer um de nós." (Raquel P. Sopranzi no *El Trébol Digital* de 20 de junho de 2008)

31

Continuo lendo a pasta do meu pai e uma manchete do *El Trébol Digital* do dia 20 de junho surge estampada sobre uma imagem idílica da cidade, com a incongruência de um artefato moderno em uma fotografia antiga: "Encontraram um corpo em um poço abandonado".

32

"Na manhã de hoje[,] por volta das dez horas[,] o corpo de sapadores dos Bombeiros Voluntários de El Trébol[,] depois de intensas buscas[,] encontraram [sic] um corpo no fundo de uma cisterna abandonada. O fato aconteceu em um descampado a oito quilômetros da cidade de El Trébol[,] onde existe uma velha tapera com dois antigos poços. O corpo foi encontrado embaixo de muitos escombros e chapas de metal. A polícia trabalhou no local enquanto os bombeiros realizavam operações no exterior da cavidade. Por volta do meio-dia, conseguiram extrair um corpo masculino de cerca de oitenta e cinco ou noventa quilos e aproximadamente 1,70 metro de altura, vestivo [sic] com calça e casaco azul e camiseta branca. O juiz da cidade de San Jorge[,] dr. Eladio García[,] foi até o local junto com brigadas especiais e membros da Unidade Regional XVIII, localizada em Sastre.

"O dr. Pablo Cándiz, médico legista[,] realizou a primeira inspeção do cadáver[,] que depois foi levado à cidade de Santa Fé para que fosse realizada a autópsia.

"'Não temos conhecimento de outras pessoas desaparecidas na região', declarou o subchefe da Unidade Regional XVIII[,] comissário major Agustín Hiedro[,] a *El Trébol Digital* no próprio local, e acrescentou: 'Chegamos ao local graças a uma denúncia de alguém que passou por aqui e sentiu um cheiro forte perto do poço. Trabalhamo [sic] intensamente na tardinha [sic] de quinta-feira até que, quando começou a escurecer, decidimos continuar com os trabalhos na manhã de sexta-feira[,] e assim chegamos aqui na primeira hora'.

"O corpo que apareceu no fundo do poço tem características semelhantes físicas [sic] às de Alberto Burdisso, misteriosamente desaparecido há exatamente vinte dias."

33

O artigo era ilustrado por algumas fotografias. A primeira mostrava umas cinco pessoas debruçadas sobre um poço; nessa posição, não era possível reconhecer seus rostos, embora desse para ver que uma delas, a terceira a partir da esquerda, localizada exatamente no meio do grupo, tinha cabelo branco e usava óculos. A fotografia seguinte mostrava um bombeiro descendo no poço com uma corda; o bombeiro usava um capacete branco com o número trinta. Em outra fotografia, via-se o bombeiro já no interior do poço, iluminado apenas pela luz do exterior que entrava pela boca da cavidade e por uma lanterna presa no capacete. Em seguida, via-se três bombeiros com seu equipamento; ao fundo, um caixão embrulhado com plástico preto. As duas fotografias seguintes mostravam umas cinco pessoas carregando o caixão; uma delas tapava o rosto com um lenço, talvez para não respirar as emanações do cadáver. Na imagem seguinte, via-se os bombeiros introduzindo o caixão em uma caminhonete que talvez fizesse o papel de ambulância; havia um homem filmando, com as mãos nos bolsos; outros dois homens sorriam. A última fotografia, que quebrava a aparente sequência cronológica das imagens na reportagem, mostrava o caixão antes de ser transportado até a caminhonete; encontrava-se no chão, que estava partido com pedaços grandes e escuros de terra endurecida, e não havia ninguém ao lado: o caixão estava completamente sozinho.

34

Pergunta: "É verdade que o corpo encontrado tem uma cicatriz no torso igual à que Burdisso tinha?". Resposta: "É verdade que o corpo tem uma cicatriz significativa igual a essa [sic]". Pergunta: "Que informações serão reveladas pela autópsia?". Resposta: "A autópsia determinará o causal [sic] da morte e as condições do corpo antes do estado de putrefação". Pergunta: "Como estava o corpo?". Resposta: "O corpo tem uma série de circunstâncias e os médicos vão detalhá-lo [sic] no relatório". Pergunta: "Do que você está falando? De golpes e feridas?". Resposta: "Exatamente. Os médicos confirmaram isso e outros detalhes que irão ajudar o legista". Pergunta: "No rosto ou no corpo?". Resposta: "No corpo dele". Pergunta: "Ferida de bala?". Resposta: "Em princípio, não foram encontradas". Pergunta: "De objetos contundentes?". Resposta: "Não há sinais desse tipo". [...] Pergunta: "Alguém foi preso?". Resposta: "Foram intimadas algumas pessoas em El Trébol e em outras regiões do departamento". Pergunta: "As novas informações podem mudar os rumos da investigação?". Resposta: "Isso quem vai dizer é o juiz competente [...]". Pergunta: "Há alguém foragido?". Resposta: "As pessoas que foram intimadas compareceram e estão nas respectivas dependências". Pergunta: "Quem notificou de que [sic] podia haver um corpo naquele local? É verdade que foi um caçador?". Resposta: "A pessoa que deu conhecimento provavelmente era alguém que estava caçando e sentiu o cheiro". Do diálogo entre o redator ou redatora e Jorge Gómez, da Unidade Regional XVIII, *El Trébol Digital*, 20 de junho de 2008. Título do artigo: "Temos informações que indicam que o corpo encontrado talvez seja o de Alberto Burdisso".

35

"Fomos lá na noite de quinta-feira com o pessoal da polícia. Havia rastros e tudo indicava que podia ter algo estranho. É um lugar desagradável até inclusive [sic] de dia, muito perigoso[,] e de noite não dava para continuar. Por isso trouxemos dezoito homens e trabalhamos a uns dez metros de profundidade com tripé e equipamentos para remover o corpo, deixando-o mais leve. [...] Não é a primeira vez que fazemos esse trabalho. [...] Eles [os bombeiros voluntários Javier Bergamasco e 'Melli' Maciel] ficaram com o trabalho mais duro[,] mas é um trabalho de equipe." (Declarações do chefe do Corpo de Bombeiros Voluntários de El Trébol, Raúl Dominio, a *El Trébol Digital*, 20 de junho de 2008)

36

Antes mesmo de que viessem a público os resultados da autópsia do cadáver encontrado no dia 20 de junho, a acumulação de indícios – em particular a cicatriz mencionada no diálogo entre o chefe da Unidade Regional XVIII da polícia e um redator anônimo – e, vale acrescentar, um desejo explícito de que o desaparecido fosse encontrado – vivo ou morto, para falar a verdade –, parecem ter levado imediatamente à conclusão tácita de que o cadáver encontrado era o do desaparecido; de fato, o artigo seguinte guardado por meu pai, um artigo do dia 21, já afirmava sem rodeios que "o corpo de Alberto Burdisso chegará à cidade por volta de treze horas" e anunciava o nome da funerária na qual seria realizado o velório, a cerimônia religiosa na paróquia San Lorenzo Mártir – a igreja que aparecia no fundo da fotografia da manifestação realizada quatro dias antes – e um cortejo fúnebre que passaria por ruas com nomes como San Lorenzo, Entre Ríos, Candiotti e Córdoba. No entanto, a associação entre o cadáver encontrado no poço e o desaparecimento de Burdisso não deveria ser aceita pelo leitor sem antes se perguntar por que alguém iria querer assassinar um idiota faulkneriano, um adulto com o cérebro de uma criança, alguém que não bebia, que não jogava e que não tinha fortuna nenhuma, alguém que precisava trabalhar diariamente para sobreviver, nas ocupações mais simples como limpar uma piscina ou consertar um telhado. Essa pergunta, que aparecia várias vezes nos artigos seguintes na pasta do meu pai, talvez seja uma pergunta de índole pública; a pergunta de índole privada, tão íntima que eu só podia fazê-la a mim mesmo, e naquela altura eu não sabia a resposta, era a seguinte: por que meu pai tinha se interessado tanto pelo desaparecimento de alguém que talvez nem sequer conhecesse, um desses rostos que a gente vê em uma cidade pequena e que talvez nos façam lembrar de um ou dois nomes – o nome dessa pessoa, o nome do seu pai –, mas não têm muita importância para nós, fazem parte da paisagem, como uma montanha ou um rio; e fiquei pensando que o mistério era duplo: por um lado as circunstâncias particulares da morte de Burdisso, por outro os motivos que tinham levado meu pai a ir atrás dele, como se essa busca pudesse desvendar um mistério maior, enterrado mais profundamente na realidade.

37

Mais fotografias: um automóvel branco parado em frente de uma multidão, formada principalmente por crianças, que aplaudia na porta de um local com um cartaz que dizia "Clube Atlético Trebolense M. S. e B."; eu não sabia o que significavam as siglas, mas a figura de um homem exageradamente musculoso que segurava agachado um escudo com a sigla CAT era familiar; das janelas do carro saía um monte de flores que pareciam prestes a cair sobre o asfalto. Na fotografia seguinte via-se a mesma cena de outro ângulo, agora o fotógrafo estava no meio das pessoas de luto; pela sua localização, dava para perceber que também havia espectadores na calçada em frente. Havia mais fotografias, tiradas no mesmo momento, mas de ângulos diferentes; de todas elas, o que mais chamou minha atenção foi o contraste entre o colosso seminu que segurava o cartaz com as siglas e os casacos usados pelos espectadores. A seguir, havia duas imagens de um velho que falava de pé ao lado do carro; o velho era calvo, usava óculos e um casaco escuro; da janela do carro surgia uma coroa de flores com uma espécie de faixa com uma frase, da qual só dava para ler um pedaço que dizia "mitê diretor". O rosto do velho era familiar e fiquei na dúvida se não era aquele dentista que tirou uma espinha de peixe da minha garganta quando eu era criança, um dentista cujas mãos tremiam e, por isso, a pinça que ele segurava me aterrorizava mais do que a própria espinha. A seguir havia uma fotografia que para mim era mais fácil de identificar, mesmo que essa identificação jorrasse de repente, aos borbotões, como se minha memória, em vez de evocar essa lembrança, a regurgitasse. Era a entrada do cemitério local e havia dezenas de pessoas formando um corredor diante do carro com as flores; ao fundo, havia uma palmeira que parecia estar tremendo de frio. Na fotografia seguinte, via-se a multidão de outro ângulo, mostrando uma fileira de árvores e um descampado plano e vazio. A seguir havia duas fotografias comuns em qualquer enterro, uma com pessoas que passavam pela entrada principal do cemitério carregando coroas de flores em direção ao fotógrafo, com silhuetas que se desfazem em fragmentos quando você olha de relance – um rosto bigodudo, um arbusto, duas gravatas, um paletó, o rosto surpreso de um menino, um suéter sobre uma calça de ginástica, alguém que olhava para trás; e uma fotografia de quatro pessoas segurando o caixão junto a um jazigo escavado na parede: um homem estava de costas e outro homem olhava diretamente para o fotógrafo com uma ligeira expressão de reprovação. Depois aparecia a imagem de uma placa que dizia: "Descanse em paz! Dora R. de Burdisso 21/8/1956 [ou talvez 1958, a fotografia estava desfocada]/ Seu esposo e filhos, com carinho"; provavelmente era a placa que estava no jazigo antes de colocarem o caixão, quem sabe era a avó ou a mãe do morto – mas, então, onde estava enterrado o pai? –, e talvez fosse um jazigo familiar.

38

E depois havia uma última fotografia do evento, e ao vê-la fiquei perplexo e confuso, como se tivesse acabado de ver a silhueta de um morto que vem pela estrada com o entardecer vermelho e infernal atrás dele. Era meu pai tal como eu o tinha visto no hospital, em seus últimos anos, calvo, com uma barba branca no rosto magro, muito parecido com seu próprio pai tal como eu me lembrava dele, com uns óculos sem aro enormes, óculos de policial ou de mafioso, com as mãos no bolso de um casaco branco, falando, com a garganta coberta por um cachecol quadriculado que acho que fui eu quem lhe dei de presente. Ao seu redor havia outros homens, que o contemplavam com ar compungido, como se soubessem que meu pai falava de um morto sem saber que logo se tornaria um deles, que logo entraria no poço escuro e sem fundo onde caem todos os que morrem, mas meu pai ainda não sabia disso e eles não queriam lhe contar. Eram onze homens de pé atrás do meu pai, como se meu pai fosse o treinador demitido de um time de futebol que tivesse acabado de perder o campeonato; um deles usava paletó e gravata, mas o resto usava jaquetas de couro, e um deles tinha um cachecol comprido que parecia prestes a estrangulá-lo. Alguns olhavam para o chão. Eu olhava o meu pai e não conseguia entender o que ele estava fazendo ali, falando nesse cemitério em uma tarde gelada, uma tarde em que os vivos e os mortos deveriam estar abrigados, no refúgio de suas casas ou de suas tumbas e no consolo resignado da memória.

39

Da edição do *El Trébol Digital* do dia 21 de junho de 2008: "Alberto José Burdisso viveu sózinho [sic], mas partiu acompanhado. Porque uma multidão que clama por justiça o acompanhou em massa até sua morada final. Depois da cerimônia religiosa na paróquia San Lorenzo Mártir[,] totalmente lotada, um cortejo fúnebre de vários quarteirões de extensão mudou seu percurso para passar em frente ao Clube Trebolense[,] onde muita, muita gente o recebeu com aplaudos [sic]. A cena […]. Depois dos primeiros aplausos calorosos, o dr. Roberto Maurino declarou: 'Ele viveu como pôde, quase sempre sofrendo[,] e partiu do mesmo jeito, porque nos seus momentos finais ele passou pelo pior. Agora[,] lá na eternidade, no desconhecido, Alberto vai descansar em paz. Foi um orgulho e uma honra ter sido seu amigo'. […] Por fim, o cortejo de centenas de carros continuou até a última morada. […] Quando o cortejo chegou ao cemitério local, várias centenas de cidadãos acompanharam o féretro de

Burdisso até sua última morada. Lá, 'Chacho' Pron[,] com palavras afetuosas e sentidas, lembrou também de Alicia Burdiso, a irmã de Alberto[,] desaparecida um [sic] 21 de junho de 1976 durante o processo [sic] militar[,] na província de Tucumán".

40

É isso, pensei, interrompendo a leitura; essa é a razão pela qual meu pai tinha decidido reunir todas essas informações, por causa de uma simetria: um homem desaparece, antes dele uma mulher desapareceu, ambos são irmãos e meu pai talvez tenha conhecido ambos, e não pôde impedir o desaparecimento de nenhum dos dois. Mas como meu pai poderia ter impedido esses desaparecimentos? Como ele podia achar isso, com que espécie de poder meu pai pretendia impedir esses desaparecimentos, ele, que estava morrendo na cama de um hospital enquanto eu lia tudo isso?

41

"Até o momento um indivídúo [sic] recuperou a liberdade, o que não significa que não possa ser julgado. Estamos trabalhando em toda a região e os suspeitos estão detidos na cidade de El Trébol e na prefeitura de Sastre. Elementos importantes foram reunidos nas últimas horas." […] "Burdisso pode ter morrido por asfixia?" "Saberemos nas próximas horas, mas não poderemos corroborar isso [?]" "Ele morreu dentro do poço ou antes?" "Estamos esperando os resultados da autópsia e o laudo do médico legista para esclarecer isso." "Como estava o corpo? Apresentava lesões e marcas de golpes?" "O corpo foi espancado. Não encontramos buracos de bala." "Os suspeitos têm relações entre si?" "Sim, os suspeitos têm relações entre si. Alguns são íntimos, outros só conhecidos." […] "Quem são os suspeitos?" "Cinco homens e duas mulheres." Diálogo entre o delegado Jorge Gómez da Unidade Regional XVIII da Polícia Provincial e um jornalista (*El Trébol Digital*, 23 de junho).

42

No dia seguinte, a manchete do mesmo jornal destacava: "Alberto Burdisso faleceu por asfixia e foi brutalmente espancado". "A acusação foi alterada para 'homicídio' pelo juiz penal dr. Eladio García[,] da cidade de San Jorge. Os exames dos legista [sic] apresentam que Burdisso apresentava [sic] uma pancada muito forte na cabeça[,] feita talvez com um objeto contundente[,] e marcas de socos. Depois, ele teria sido jogado no poço ainda com vida."

43

Mais manchetes: "El Trébol, sete suspeitos detidos no caso Burdisso" (*La Capital*, *osario, 25 de junho); "Um novo suspeito é preso no caso Burdisso" (*El Trébol Digital*, 25 de junho), "Leitores agradecem o andamento do caso Burdisso" (*El Trébol Digital*, 25 de junho), "A polícia trabalha duro para solucionar o caso Burdisso" (*El Trébol Digital*, 26 de junho), "Moradores farão manifestação na praça para exigir justiça" (*El Trébol Digital*, 26 de junho). E mais uma manchete, do artigo que conta a história toda, publicado por *El Trébol Digital* no dia seguinte: "Burdisso sofreu até os últimos momentos".

44

"O cidadão de El Trébol brutalmente assassinado morreu[,] segundo a autópsia[,] por asfixia. Seu corpo foi encontrado com seis costelas quebradas e o braço e o ombro fraturados pela queda no fosso. Alberto, segundo declarações, fui [sic] levado a um descampado no domingo 1ª [sic] de junho, às sete da manhã, para buscar lenha e lá foi espancado e jogado no velho poço onde foi encontrado. Antes de jogá-lo no poço, tentaram obrigá--lo a assinar um contrato de compra venda [sic] que ele teria se negado a fazer [sic]. Segundo o próprio trabalho dos legistas e os resultados da autópsia, Alberto Burdisso reagiu e recuperou a consciência dentro do poço, mas depois faleceu por asfixia, embora ainda reste saber se por sufocação ou por confinamento. O telefone celular terá papel importante no processo, já que foi encontrado junto ao corpo de Burdisso e há ligações comprometedores [sic]." (*El Trébol Digital*, 27 de junho)

45

Se lermos atentamente os artigos e fizermos vista grossa para seus erros tipográficos e sua sintaxe errática, e se depois pensarmos no que eles dizem e aceitarmos que o que eles narram é o que realmente aconteceu, poderemos resumir toda essa história em um argumento mais ou menos coerente: um homem foi enganado com mentiras e levado a um lugar afastado, e lá exigiram-lhe que assinasse um contrato de venda de uma propriedade desconhecida, o que ele se recusou a fazer; foi jogado num poço e morreu. Em sua simplicidade, na sua brutalidade quase pueril, a história poderia se encaixar perfeitamente em um desses livros do Antigo Testamento em que os personagens vivem, e sobretudo morrem, submetidos a paixões simples, onde veem a mão de um deus incompreensível, mas ainda assim digno de louvor e culto. No entanto, e já que somos forçados a reconhecer que esta não é uma história bíblica e que as motivações dos personagens não estão subordinadas aos desejos de um deus caprichoso, ao ler tudo isso devemos nos perguntar também quais são as razões por trás desses atos: por que o crime foi cometido? Como é possível que haja tantos envolvidos em um assassinato que poderia ter sido realizado por uma, duas ou, quando muito, três pessoas, que poderiam caber todas no mesmo automóvel em que levaram Burdisso para buscar lenha? E por que ele foi assassinado? Por causa de sua casa, que o redator anônimo de *El Trébol Digital* apresentou em seus artigos como uma casa sem nada de especial? Uma casa sem luxo algum, igual a tantas outras na periferia puritana e austera da cidade? Por dinheiro? De onde viria esse dinheiro, uma soma grande o suficiente para que seus assassinos considerassem os prós e os contras de uma ação que poderia levá-los à prisão pelo resto da vida? De onde tiraria todo esse dinheiro um empregado de manutenção do clube de uma cidade de província? Como se explica a asfixia de Burdisso se o poço, como afirmava a primeira informação, estava seco? Por que Burdisso não pediu ajuda com o celular encontrado junto ao seu corpo dentro do poço? E as ligações gravadas no celular, são comprometedoras para Burdisso ou para os assassinos? São anteriores ou posteriores à queda no poço? Mais uma vez: quem pensaria em matar uma espécie de idiota faulkneriano que não tem onde cair morto, além disso, em uma cidade onde seu desaparecimento seria imediatamente notado, em uma cidade onde muitos saberiam quem era Burdisso, o que ele fez e quem esteve com ele em suas últimas horas?

46

Um artigo do dia 27 de junho de Claudio Berón, jornalista do *La Capital* de *osario, que li apressadamente, respondia – na medida em que essas coisas podem ser respondidas – a algumas dessas perguntas: "Finalmente, e depois de três semanas de intensas investigações, foi solucionado o crime do trebolense Alberto Burdisso, o homem de sessenta anos que […] e cujo cadáver foi [...]. Gisela Córdoba, Gabriel Córdoba – seu irmão – [,] Juan Huck e Marcos Brochero estão à disposição da justiça, acusados de homicídio qualificado. O provável motivo, segundo fontes judiciais, teria sido a tentativa de obrigar Burdisso a assinar um documento que deixava sua casa no nome de Gisela Córdoba; e, quando ele se recusou, decidiram matá-lo. Depois de analisar diferentes hipóteses, o juiz penal Eladio García, que comandou a investigação, decidiu apresentar denúncia contra os quatro suspeitos e [...]. Também colaboraram na investigação o delegado da Unidade Regional XVIII, Jorge Gómez, que mobilizou a seção criminalística de Rosario e Santa Fé, a Brigada de Operações com Cães, que participou da busca do cadáver, e por último a Tropa de Operações Especiais (TOE). [...] Ao que parece, Gisela mantinha uma relação com Huck ao mesmo tempo que se dizia namorada de Burdisso. Ambos teriam enganado a vítima com mentiras para levá-lo até o poço onde mais tarde foi encontrado. Depois Brochero, companheiro oficial de Gisela, teria ocultado o cadáver.

"[...] O desaparecimento de Alberto José Burdisso chocou a cidade desde o primeiro momento [...] faltou ao trabalho no dia 2 de junho, um fato [...] também foi encontrado seu cartão de débito no caixa eletrônico do Banco Nación, onde ele tinha sido 'engolido' no sábado anterior. [...] Além disso, e segundo muitos comentários ouvidos durante os dias em que permaneceu desaparecido, Burdisso também gastava seu dinheiro com companheiras eventuais. [...] A preocupação e as hipóteses sobre seu desaparecimento [...]. Os protestos aumentaram tanto que na segunda-feira, 16 de junho, quinze dias depois do desaparecimento, foi organizada uma manifestação para exigir que as investigações fossem aprofundadas e que Burdisso fosse encontrado. Na ocasião, cerca de mil [...] e subscreveram um abaixo-assinado para solicitar ao juiz García que a investigação não se limitasse à averiguação do paradeiro do desaparecido.

"Finalmente, o corpo apareceu sem vida no dia 20 deste mês. Foi em um poço de uma tapera abandonada, a cerca de sete quilômetros a noroeste do centro da cidade. Por volta das dez horas, depois de três horas de buscas, um esquadrão dos Bombeiros Voluntários descobriu um corpo em estado avançado de decomposição no fundo do poço, atualmente seco. Tal como *La Capital* publicou em sua edição do dia 21, o corpo estava coberto de escombros, chapas de metal e galhos, razão pela qual foi descartada a hipótese de suicídio ou de acidente.

"Os investigadores chegaram ao local depois de um telefonema de um caçador, que no dia anterior denunciou que tinha detectado um cheiro forte perto do poço. Quando retiraram o cadáver – operação que exigiu roldanas e um tripé –, verificaram que estava vestido com uma camisa do clube. Outras características do corpo, como uma grande cicatriz no torso, levavam a crer que se tratava do desaparecido. Não obstante, isso foi confirmado um dia depois, quando o corpo foi submetido a autópsia. [...] determinou que o homem havia sofrido um princípio de asfixia e fortes pancadas na cabeça, mas morreu dentro do poço.

"Burdisso foi sepultado no domingo passado. Seus restos mortais foram acompanhados por um cortejo de cerca de vinte quarteirões que passou pela sede do clube onde trabalhava. Foi à tarde. Antes disso, houve uma cerimônia religiosa na paróquia San Lorenzo Mártir.

"A prisão iminente de uma série de suspeitos veio a público imediatamente. Na quarta-feira, já havia oito detidos. Mas no fim foram quatro os acusados, que ficaram à disposição da Justiça. [...] Aqueles que o conheceram afirmam que Burdisso era um homem retraído e inocente, que acreditou em cada uma das mentiras que Gisela Córdoba usou para enganá-lo. Tanto assim é que o acusado Marcos Brochero, oriundo de Cañada Rosquín, era companheiro de Córdoba, mas Burdisso achava que eram irmãos."

47

Na fotocópia do artigo que aparecia em sua pasta, meu pai tinha destacado em amarelo fluorescente um parágrafo no qual eu não tinha prestado atenção durante a leitura e que ele, muito melhor jornalista do que eu – e, além disso, professor dos jornalistas que mais tarde seriam meus professores, em um processo quase pré-industrial de aprendizagem que se opunha radicalmente, em forma e conteúdo, às asneiras que pretendiam nos ensinar na universidade, e também unia eu e meu pai em uma espécie de tradição involuntária, uma velha escola de jornalistas rigorosos, voluntariosos e derrotados –, meu pai, como eu estava dizendo, tinha destacado o seguinte: "Burdisso se meteu com uma série de marginais, muitos deles com antecedentes penais [...] tinha sessenta anos e morava sozinho em sua casa na rua Corrientes, altura do n. 400, a quatro quarteirões do clube. Não tinha parentes diretos, já que sua irmã desapareceu na época da ditadura militar. Por essa perda [...], recebeu há dois anos uma indenização do Estado de 240 mil pesos (cerca de 56 mil dólares). Com esse dinheiro, comprou uma casa – a casa que quiseram tirar dele –, um carro, uma moto e outros bens móveis".

48

"No começo da década, as cidadezinhas ao longo da rodovia 13 eram, para alguns, as portas do paraíso perdido. Prostíbulos, jogatina, noitadas e sexo, do barato e do caro. Casas noturnas e delitos de todo tipo. Isso acontecia, segundo fontes consultadas, até dois anos atrás. Chegou a haver cerca de quarenta prostíbulos na região e muito tráfico de mulheres vindas do Brasil e de lugares distantes do Paraguai. Inclusive, muitas dessas mulheres contavam em juízo, [sic] sobre suas viagens à Europa para prostituir-se.

"Miriam Carizo era proprietária de um bar de reputação duvidosa, e foi lá que conheceu Alberto Burdisso em 2005 e iniciou uma relação com ele que durou cerca de dois anos. Por outro lado[,] Gisela Córdoba (28 anos), a mulher com quem Burdisso se relacionou quando terminou seu romance com Carizo, teria ligações com essa rede e tinha antecedentes por estelionato com cheques na mesma cidade de El Trébol. Os outros acusados eram ligados à vida noturna, eram habitués de boates. Segundo os investigadores do caso, este [sic] seria o 'último suspiro' dessas redes, que já desapareceram, mas deixaram um rastro de delinquência." (Uma contextualização de Claudio Berón em *La Capital*, *osario, 29 de junho)

49

"Uma casa, muito dinheiro que paradoxalmente não lhe trouxe boa sorte, e uma imensa solidão acabaram com a vida de Alberto Burdisso. [...] Ele foi assassinado no primeiro domingo de junho. Acredita-se que uma trapaceira queria ficar com sua propriedade e para isso convenceu outros dois homens e outras pessoas da necessidade de sumirem com ele, para nunca mais ser encontrado. [...] A poucos metros dos imensos campos que rodeiam El Trébol, uma cidade de não mais de 13 mil habitantes, há uma casa nova, toda branca. É ali que morava Burdisso; um homem diferente dos outros, de sessenta anos e, segundo alguns conhecidos, celibatário até os 57. Em 2005, recebeu mais de 200 mil pesos de indenização pelo desaparecimento de sua irmã mais nova. Esse dinheiro foi seu fim.

"Segundo Roberto Maurino, Burdisso era um homem rústico e retraído, mas normal. 'Ele costumava viajar sozinho, sempre para o sul, a gente conversava muito. Depois de terminar a escola primária, ele foi trabalhar no Clube Trebolense. Com o dinheiro que recebeu, comprou uma casa em Rosario, uma casa aqui e um carro velho. Era uma pessoa sem maldade', declarou Maurino. Na época em que recebeu o dinheiro, conheceu uma mulher, Miriam Carizo. Comprou uma casa e colocou-a no nome dos dois, deu a ela um carro de presente e, contam seus colegas, pagou a festa de aniversário da filha de Miriam, com quem tinha uma relação quase paternal. 'O Burdi era assim, meio pirado. Dizia que cada um faz da sua vida o que quer. Ele conversava muito com quem ele tinha vontade de conversar. Não incomodava ninguém. O salário dele era todo bloqueado para cobrir os empréstimos que obrigavam ele a fazer. Choramos muito por ele, ele se meteu com gente ruim. E não dá pra entender por que mataram ele, já que eles controlavam até o cartão de banco dele', é o que comentam no clube.

"Durante muito tempo, ao longo da rodovia 13 se desenvolveu uma rede de prostíbulos e marginalidade. Cerca de quarenta prostíbulos funcionavam em cidades como El Trébol, San Jorge, Sastre e outras localidades do departamento General San Martín. 'Esse caso está ligado a essa rede, são os últimos suspiros de uma trama de marginais', revelaram os investigadores. [...] Burdi tinha terminado com Miriam Carizo e conhecido Gisela Córdoba, uma mulher fria, muito maltratada pela vida. Gisela tem três filhos e vive com seu marido oficial, Marcos Brochero, mas tinha, aparentemente, uma relação com dois 'namorados', Burdi e um homem de 64 anos, Juan Huck, que a conheceu na vida noturna. As dúvidas sobre a motivação do crime tornaram-se certezas durante a investigação. 'Foram interrogados os acusados, que eram oito, dos quais foram detidos, por suspeita de homicídio, Gisela Córdoba, Juan Huck, Marcos Brochero e Gabriel Córdoba', disseram os investigadores. O que estava em jogo era que Burdisso era coproprietário da casa, junto com Miriam Carizo. Essa mulher, de cerca de quarenta anos, se casou com outro homem, mas Burdi continuava morando na casa. Gisela Córdoba sabia dessa propriedade e conseguiu que Burdi colocasse sua metade no nome dela, mantendo o usufruto. Ele teria que morrer ou desaparecer para que Gisela pudesse ocupar a casa ou vendê-la.

"Ele foi levado para um descampado, queriam obrigá-lo a assinar um documento que liberava a propriedade. Dias antes, Gisela havia consultado advogados para saber como lidar com o direito de usufruto de Burdisso se ele desaparecesse. Além disso, comenta-se que ela já estava oferecendo a casa para alugar. [...] Depois de morto, Burdi ganhou uma despedida às portas do clube onde trabalhava. Na secretaria, há uma carta: 'Queria te contar que o Ñafa guardou tua bicicleta, que sentimos saudades e que a Ana está inconsolável. Que teu cachorro continua chorando e te procurando'. A carta é assinada por Laura Maurino." (Claudio Berón em *La Capital*, *osario, 29 de junho de 2008)

50

Em uma das fotografias que acompanhava o artigo, vê-se uma casa térrea por trás de um minúsculo gramado, em uma rua sem asfalto e sem esgoto. A casa tem uma janela grande de duas folhas e outra janela menor na entrada, cujo telhado é sustentado por uma coluna de aspecto frágil. Em frente à casa há uma cerca viva, que parece completamente seca. A casa está trancada e lembra uma cadeira de encosto alto jogada de cabeça para baixo em um terreno baldio, em um terreno onde ninguém jamais vai morar. Foi por causa dessa casa que mataram Alberto Burdisso.

51

Ao afastar os olhos da pasta do meu pai, olhei para o pátio da casa que ele havia construído e fiquei me perguntando o que ele teria dito no enterro de Burdisso, se ele estava presente quando o cadáver foi encontrado naquele poço e se havia algo que meu pai sabia ou podia saber e que eu não saberia jamais – algo relacionado à alma sórdida e triste de uma cidade que eu julgava idílica. No pátio à minha frente, eu tinha brincado brincadeiras das quais não me lembro mais, brincadeiras inspiradas nos livros que eu lia e nos filmes que eu via e, sobretudo, em uma época de tristeza e terror que agora, lentamente, reaparecia diante dos meus olhos apesar de todos os remédios, de toda a amnésia retrógrada e da distância que eu tinha tentado colocar entre mim e essa época. O cadáver de Burdisso foi retirado do poço com um tripé e roldanas, dizia o artigo, e fiquei pensando se meu pai estava presente naquele momento, se meu pai viu o corpo do irmão de uma pessoa que tinha sido sua amiga pendurado em um gancho como uma vaca, flutuando no ar já definitivamente corrompido da cidade. Também me perguntei se a história tinha terminado, se eu conseguiria descobrir o que tinha acontecido com os assassinos de Burdisso e se a simetria que constituía essa história já tinha chegado ao fim, com as linhas se afastando uma da outra, perdendo-se no espaço, que sabemos que é infinito, e, portanto, reencontrando-se em algum lugar. Fiquei me perguntando se meu pai conseguia pensar nessas coisas em uma cama de hospital, inalcançável para mim, mas não para o passado, um passado do qual essa mesma cama em breve faria parte.

52

"Cerca de duzentos cidadãos se reuniram espontaneamente na praça San Martín de El Trébol na tarde de domingo para exigir a condenação dos homicidas do caso Burdisso. Lá, o dr. Roberto Maurino [...] explicou a situação dos quatro suspeitos e as últimas notícias sobre o processo: 'O caso ainda não foi resolvido. Há quatro acusados e o crime é inafiançável. Eles não terão direito a fiança e vão responder ao processo na prisão. Depois virá o julgamento em Santa Fé[,] onde serão condenados ou absolvidos. Dos quatro suspeitos, três são acusados de homicídio qualificado pelos meios traiçoeiros usados e por agirem em bando[,] e um quarto é acusado de participação secundária, com pena de quinze a vinte anos. A pena máxima para os primeiros é de reclusão perpétua. [...] Dos suspeitos que foram liberados, três são acusados de cumplicidade qualificada, ou seja, sabiam e não disseram nada. Não sei a indentidade [sic] deles. O crime deles é afiançável e permite que fiquem em liberdade à disposição do tribunal. [...] Os quatro acusados confessaram a autoria. Agora tentaremos participar do processo na condição de demandante, como município, associação civil ou clube. Até hoje isso não é permitido pela lei, exceto no caso das Mães da Praça de Maio, quando um torturador ou assassino é processado. A ideia é poder exercer algum controle sobre o processo no Tribunal de Santa Fé." (*El Trébol Digital*, 30 de junho)

53

No final do artigo, havia uma fotografia que mostrava um grupo de pessoas em volta de um velho que segurava um microfone, de costas para o fotógrafo; no fundo, à esquerda, havia uma pessoa que achei que era meu pai.

54

Em seguida, havia na pasta duas cartas de leitores dirigidas a *El Trébol Digital*, uma assinada por uma mulher de sobrenome Bianchini e outra por uma menina de dez anos. Uma semana depois, no dia 7 de julho, foi publicada a notícia de uma mobilização em que cerca de 42 pessoas exigiam que os assassinos fossem condenados; nas fotos que acompanhavam a matéria, não reconheci meu pai. Depois, vinha a fotocópia da capa de um jornal que eu nunca tinha visto, *El Informativo*, com a fotografia de dois policiais retirando de um carro um homem que cobria o rosto com um casaco. "Os assassinos podem ser condenados à prisão perpétua", era a manchete, que aparecia na capa acompanhada das seguintes chamadas: "A parte da história que ninguém contou. Quem era Alberto Burdisso? Por que ele foi assassinado? Crônica de um final trágico. A história de sua irmã. A vidente que previu sua reaparição".

55

O artigo seguinte, que resumia a história usando todos os clichês da imprensa marrom e um festival de vírgulas supérfluas que faziam lembrar uma flor fedorenta, era assinado por Francisco Díaz de Azevedo. Um trecho: "[...] na casa da rua Corrientes, n. 438, que havia comprado e colocado em seu nome e no de sua ex-concubina [sic], anos atrás[,] e da qual, [sic] havia sido desalojado para morar, praticamente jogado, em uma garagem [sic].

"[...] Fazia tempo que outra mulher ficava com todo o seu salário, em troca de companhia temporária[,] e ultimamente ela tinha até lhe metido em várias brigas. De fato, havia três meses Alberto não frequentava a casa dessa nova 'companheira', [sic] porque teve um bate-boca, que chegou às vias de fato, com o concubino dessa mulher, fato que foi registrado na polícia; por isso, ela é quem ia à casa de Burdisso, 'de visita'.

"Com relação à situação econômica de Alberto, do dinheiro que recebeu em 2006, pela morte de sua irmã durante o processo [sic] (220 mil), não restava absolutamente nada.

"Na tarde do sábado 31[,] e ao contrário do que se dizia ou se supunha, Alberto Burdisso retirou todo o dinheiro do seu salário, no caixa eletrônico do Banco Nación, já que no último dia útil de maio, [sic] o Trebolense havia depositado seu pagamento. Em seguida, o cartão ficou preso no próprio banco, embora ninguém saiba o que aconteceu com esse dinheiro, já que nunca mais apareceu. No dia seguinte, por volta das sete da manhã, um homem e uma mulher, [sic] foram buscar Burdisso em sua residência na rua Corrientes, para catar lenha em um descampado próximo à cidade. Ao chegar à 'tapera', os acompanhantes de 'Burdi' tentaram forçá-lo a assinar uma série de papéis e documentos de sua casa, fato ao qual teria resistido[,] e foi então jogado em um poço seco, de mais ou menos dez metros de profundidade.

"Com a queda, a vítima quebrou seis costelas, um braço e um ombro, mas continuou vivo, [sic] no local. Nessa mesma tarde, o celular de 'Burdi', no fundo do poço, recebeu ligações de parentes da mulher que havia ido até lá com ele e com a qual tinha relações ocasionais. As ligações eram para constatar se ele continuava vivo.

"No dia seguinte, segunda-feira 1º de julho, o companheiro da mulher que jogou o cidadão, [sic] foi até o campo, demoliu a beirada do poço e jogou chapas de metal e troncos em cima da pessoa [sic] de Alberto. Pouco depois, ocorre seu falecimento por asfixia e confinamento. Ou seja, 'Burdi', [sic] continuou vivo por pelo menos 24 horas dentro do poço e só faleceu quando foi soterrado pelos escombros.

"Durante vinte dias, as buscas foram infrutíferas e quase inúteis. Até que uma tarde, [sic] chega na delegacia da cidade, [sic] a informação de que possivelmente Burdisso tivesse sido jogado em um poço, na zona rural. [...] Esta pessoa, [sic] indicou três lugares possíveis e acompanhou os policiais que foram investigá-los, detectando, [sic] que um dos poços (no qual Burdisso foi finalmente encontrado), [sic] não estava da mesma forma, [sic] que da última vez em que tinha sido visto por este 'lenheiro', detectando com um simples olhar, [sic] que a beirada do poço não existia mais. [...] Foi o bombeiro Javier Bergamasco, [sic] que no interior do poço, [sic] percebeu que havia um corpo, [sic] em avançado estado de decomposição. Procedeu-se a um reconhecimento a *prima facie* [sic] com o dr. Pablo Candiz, no local onde o corpo foi descoberto e depois no necrotério de El Trébol, onde colegas de trabalho e amigos, [sic] o identificaram pela cicatriz característica que ele tinha no abdômen. [...] A autópsia revelou que Alberto recebeu socos nos olhos e atrás das orelhas, antes de ser jogado no poço.

"Automaticamente, depois da descoberta do corpo, se realizaram [sic] uma série de prisões simultâneas e[,] depois de uma semana de depoimentos e interrogatórios, serão levados a julgamento: uma mulher, Gisela C.[,] de 27 anos, que já tinha antecedentes por estelionato, Juan H.[,] de 63 anos, sem antecedentes, Marcos B.[,] de 31 anos, com antecedentes por consumo de drogas e amásio de Gisela C.[,] e Gabriel C.[,] de 34 anos, irmão de Gisela C. com antecedentes por pequenos furtos [...]."

56

Ao chegar a esse ponto, voltei algumas páginas e reabri o mapa usado por meu pai, mas não consegui descobrir se alguma das taperas que ele tinha visitado e marcado no mapa era a casa onde ocorreu o assassinato – e, nesse caso, se foi meu pai quem alertou a polícia. Em uma pequena folha em branco que encontrei sobre a mesa de trabalho do meu pai, anotei: "Será que meu pai é o catador de lenha – o caçador, em outras versões – que deu parte à polícia?" e fiquei um bom tempo contemplando o que havia escrito. Por fim, virei a folha e descobri que se tratava de uma nota fiscal de algumas ampliações fotográficas que não apareciam na pasta e que – mas isso eu ainda não sabia, e por isso vou fingir aqui que não sei de nada – estavam em outra das pastas empilhadas em cima da mesa, à qual eu voltaria inúmeras vezes nos dias seguintes a essas descobertas.

57

"Há quanto tempo você mora em El Trébol? 'Mais ou menos uns vinte anos.' O que você faz? 'Pertenço a um centro carismático. Eu venho fortalecendo a parte mental.' Você é vidente? 'Não chego a tanto.' Você é uma bruxa? 'Não.' As pessoas te chamam de bruxa? 'Com carinho. Bruxa, bruxinha e vovó.' Você vive disso? 'Vivo sim, até hoje.' Descreva seus poderes. 'Me dedico a ajudar quem precisa. Me dedico à saúde, ao trabalho e à parte afetiva.' E o caso Burdisso, como chegou nele? 'Me experimentei [sic]. Quis ver meu alcance e minha capacidade.' O que você viu? 'Comecei a destrinchar, [sic] que na primeira segunda-feira em que ele desapareceu, vi que ele ainda estava vivo. Foi naquela segunda. Nos dias seguintes, já aparecia [sic] meio duvidoso. Eu não sabia se ele estava vivo ou morto[,] e eu via tudo meio lá, meio cá. Depois, me deu [sic] que ele tinha falecido. Que ele podia estar em algum lugar com água parada, lá no fundo, no esgoto, num poço et cetera. Não dava pra ver muito bem. Mas procuraram no cemitério e eu sentia que não era por ali.' O que você sentiu quando o caso foi resolvido? 'Me senti muito impotente, porque isso aqui é uma cidade pequena. Uma raiva muito grande. [...] Não pude ajudar essa pessoa nos momentos em que ele manifestou pra mim [sic] que estava vivo. Não sei se chamo de força ou covardia[,] porque não dei as caras nesses momentos e não me revelei[,] não revelei minhas habilidades para ajudar.' Como você vê essas coisas? 'Através de mensagens escritas. Eu chamo isso de *mermerismo* [sic], vem pela ponta dos dedos. Vou talhando [sic] e vejo o conteúdo da pessoa, mas nunca deixo que a pessoa me conte seu caso. Tento decifrar o caso eu mesma [...].'"

58

"A mãe do Alberto morreu quando ele era muito pequeno e ele nunca falou dela, acho que não se lembrava dela. [...] Seu pai faltou [sic] quando ele tinha só quinze anos[,] e naquela época o 'Burdi' já trabalhava como peão ou ajudante de pedreiro. Viveu uma vida de solidão, humildade e simplicidade, era uma dessas pessoas que estão nas profundezas do país. Que vivem em silêncio e se viram para sobreviver, em uma sociedade altamente complicada. [...] [No final da década de 1970,] ele me falou do problema da irmã [...] e eu o acompanhei até Tucumán, mas[,] infelizmente, voltamos de mãos vazias. [...] Esse dinheiro [da indenização outorgada pelo Estado, por ser parente de um desaparecido] foi sua perdição, em todos os sentidos. Definitivamente, sua vida foi um calvário: uma infância marcada pela ausência da mãe. Na adolescência, morre o pai. Depois, o único ser querido que lhe restava, sua irmã, morre assassinada pela ditadura militar e[,] quando ele alcança uma situação econômica diferente, que poderia ter dado a ele a chance de aproveitar a vida, termina perdendo tudo, inclusive a própria vida. O 'Burdi' podia ter deixado o dinheiro no fundo de investimentos do clube e, com os juros dessa quantia, teria o suficiente para viver. No entanto, nós o aconselhamos a comprar uma propriedade, a gente achava que era a melhor forma de investir parte desse dinheiro e, além disso, ele passaria a ter um capital e um bem próprio, para morar. É possível que se tivéssemos escolhido pelo [sic] outro caminho, talvez isso não teria acontecido." (Roberto Maurino, amigo de infância de Alberto Burdisso, em declarações a *El Informativo*, El Trébol, julho de 2008)

59

Em seguida, na pasta do meu pai, havia uma folha intitulada simplesmente "Fanny", sem data: "Precisamos de um demandante civil para fazer andar o processo penal. Essa tarefa cabe ao promotor, mas o demandante civil funciona como garantia de que ele não durma no ponto. Tentamos convencer alguns dos primos de El Trébol, mas eles não querem se comprometer. O demandante civil será auxiliado por um advogado de Santa Fé (é lá que a sentença será proferida) que é neto de Luciano Molina e militante da associação Hijos – acrônimo para Hijos por la Identidad y la Justicia contra el Olvido y el Silencio [Filhos pela Identidade e pela Justiça contra o Esquecimento e o Silêncio], organização que reúne os filhos dos desaparecidos argentinos. Esse advogado tem experiência no tema e se comprometeu a cobrar honorários mínimos, aos quais teremos que acrescentar os gastos processuais (de onde vai sair o dinheiro, é algo ainda a conversar). Paralelamente, há que encarar o tema da herança da propriedade na rua Corrientes, cuja metade indivisível está registrada no nome de Alberto".

60

Em seguida, havia um artigo da edição de 1º de agosto do jornal *El Ciudadano y la Región*, de *osario, intitulado "Complô para um crime". Não precisei ler mais do que a primeira linha para saber que tinha sido escrito por meu pai. Um parágrafo: "O casal planejou e executou a trama sinistra durante um ano e meio, segundo a investigação judicial. A vítima fatal foi Alberto Burdisso, um homem de sessenta anos que morava na localidade de El Trébol e havia recebido uma indenização de 200 mil pesos. Esse homem começou uma relação amorosa com Gisella [sic] Córdoba, 33 anos mais nova que ele, e foi cedendo: a metade de sua casa (já que a outra metade pertencia a sua ex mulher [sic]), os móveis, um carro e grande parte dos seus salários mensais. Inclusive mudou-se para uma garagem e deixou a casa nas mãos da jovem (que acabou alugando-a no mesmo dia em que Burdisso foi jogado no poço onde agonizou por três dias), justamente quando ficou sabendo que o suposto irmão da moça era na realidade seu marido. Enquanto isso, a jovem conseguiu um novo amante, de 63 anos, que acabou envolvido no crime. O motivo foi um suposto seguro de vida que ela achava que estava em seu nome". Um artigo do *La Capital* de *osario, datado desse mesmo dia e assinado por Luis Emilio Blanco sob o título "El Trébol: os assassinos de Burdisso vão a julgamento e revelam detalhes do caso", não trazia informações novas, e sim dados ligeiramente diferentes: aqui Burdisso tem 61 anos e não sessenta, Marcos Brochero tem 32 anos e não 31, Juan Huck tem 61 e não 63, a casa rural abandonada onde foi encontrado o cadáver se encontra a oito quilômetros da cidade e não a nove – na notícia publicada no dia seguinte pelo jornal *El Litoral* de Santa Fé, a distância se reduziria a seis quilômetros –, aqui é Gisella [sic] Córdoba e não Juan Huck quem joga o homem no poço, que tem doze e não dez metros de profundidade, Burdisso quebrou cinco costelas e não seis, e os dois ombros em vez de um ombro e um braço, como na versão anterior, mas todos esses são detalhes menores; a informação mais interessante é que Gisela Córdoba supostamente teria pedido a Juan Huck que ele "o tirasse do poço e jogasse em algum lugar para que o corpo fosse encontrado e a morte dele fosse confirmada", e assim ela pudesse receber o seguro de vida que acreditava estar em seu nome; Huck teria se recusado a atender ao pedido. O artigo incluía também uma informação secundária surgida na autópsia: "'[...] os resultados das investigações mostram que o homem tinha terra na boca e nas vias respiratórias, ou seja, que tentou respirar sob o material jogado em cima dele', esclareceu a fonte".

61

Se foi Marcos Brochero – que, em algumas versões, teria ficado em El Trébol naquela manhã –, se foi Gisela Córdoba ou se foi Juan Huck – que afirma ter sido uma vítima – quem jogou Burdisso no poço, isso aqui tem pouca importância; também não importa muito que Brochero tenha voltado três dias depois para jogar tijolos, galhos e entulho sobre o ferido para terminar de matá-lo; também não importa muito o destino dos acusados nem o que aconteceu com Gisela Córdoba na prisão feminina de Santa Fé e com Brochero e Huck na prisão de Coronda. Esse crime, qualquer crime, tem um aspecto individual, privado, mas também tem um aspecto social; o primeiro diz respeito apenas às vítimas e seus parentes próximos, mas o segundo diz respeito a todos nós e é a razão pela qual é necessária uma justiça que intervenha em nosso nome, em nome de um coletivo cujas normas foram postas à prova pelo crime individual e, na impossibilidade de reparar o primeiro, se esforça para conter o segundo, com uma força que, ao menos em teoria, não emana de um sujeito individual nem de uma classe social e sim de um coletivo, ferido mas ainda de pé.

62

Só faltava esclarecer uma coisa: quem era Fanny, por que meu pai havia escrito a ela para resumir a situação judicial do caso e por que era meu pai quem tinha que fazer isso – e não qualquer outra pessoa.

63

Os documentos seguintes da pasta do meu pai eram fragmentos de uma espécie de lista que não consegui identificar, em que apareciam pessoas com o sobrenome "Carizo", entre elas Miriam, a amante de Burdisso a quem ele havia dado de presente 50% de sua propriedade – o que era documentado aqui com um detalhe adicional: os números de identidade e de identificação fiscal de ambos, tanto da mulher como de Burdisso. Em seguida, havia uma fotocópia do documento emitido pelo Registro Geral de Propriedades da Província de Santa Fé, que certificava a compra da casa da rua Corrientes por Alberto Burdisso no dia 16 de novembro de 2005. Burdisso havia comprado a propriedade de Nelso [sic] Carlos Girello e Olga Rosa Capitani de Girello, dois idosos. O bilhete incluía outras informações: a data de nascimento de Burdisso – 1º de fevereiro de 1948 –, seu sobrenome materno – Rolotti –, seu estado civil – solteiro –, seu documento de identidade – 6.309.907 – e seu endereço anterior: rua Entre Ríos, esquina com a travessa Llobet, em El Trébol. Também o tamanho da propriedade – 307,2 metros quadrados – e a quantia paga: 25 mil pesos em dinheiro vivo. O tabelião que registrou a transferência se chamava Ricardo López de la Torre.

64

Era como se meu pai quisesse reduzir o crime a um punhado de dados insignificantes, um monte de documentos de cartório, descrições técnicas e registros oficiais, cuja acumulação lhe fizesse esquecer por um instante que a soma de todos esses elementos levava a um fato trágico, o desaparecimento e a morte de um homem em um poço abandonado, e que isso lhe faria pensar na simetria entre a morte desse homem e a de sua irmã e geraria outra simetria, também involuntária e da qual meu pai jamais saberia: meu pai tentando colaborar na busca por Burdisso e eu tentando procurar e encontrar meu pai em seus últimos pensamentos antes que tudo o que havia acontecido acontecesse.

65

"[...] que vendem a Alberto José Burdisso e Miriam Emilia Carizo, em condomínio e partes iguais indivisíveis: um lote de terreno com tudo que estiver fixado, edificado, plantado e incorporado ao solo, situado na cidade de El Trébol, departamento San Martín, parte do quarteirão n. 78 da planta cadastral. [...] respectiva planta cadastral registrada no Departamento Topográfico sob o n. 130.355, datada de 18 de fevereiro de 2000, em anexo, a referida fração está designada como lote n. 6, localizado na parte norte do quarteirão que é dividido por uma passagem pública, localiza-se a vinte e cinco metros e oitenta centímetros da esquina nordeste do quarteirão em direção ao leste e compõe-se de: doze metros e oitenta centímetros de frente ao norte, e igual metragem ao sul, por vinte e quatro metros de fundo, em seus lados leste e oeste, equivalente a uma superfície de trezentos e sete metros e vinte decímetros quadrados, confrontando: ao norte, com a rua Corrientes; ao oeste, com o lote n. 5; ao leste, com o lote n. 7; e, ao sul, com o lote n. 11, todos da mesma planta cadastral."

66

"El Trébol, 9 de junho de 2008, hora 10:30 [sic]. REFERÊNCIAS: Sendo a hora e a data as que figuram à margem do presente documento, apresenta-se nesta repartição policial uma pessoa de sexo feminino com desejo de registrar uma ocorrência, pedido que foi imediatamente aceito [sic]. Perguntada sobre seu nome, sobrenome e demais circunstâncias que compõem sua identidade pessoal, DISSE chamar-se: MIRIAM EMILIA CARIZO, argentina, alfabetizada, solteira, titular da carteira de identidade [...], domiciliado [sic] na zona rural desta cidade, que, considerada apta para este ato, DECLARA: 'Que é coproprietária da casa localizada na rua Corrientes, n. 438, juntamente com o sr. Alberto José Burdisso, e diante de sua ausência dele [sic] e a conselho do juizado desta cidade, solicita que ainda hoje à tarde, se possível, sejam trocadas as fechaduras da casa para prevenir uma possível usurpação. É tudo. Que registra a presente declaração para os fins legais cabíveis [sic] e para que o fato não seja considerado abandono de domicílio, e sim resultante das circunstâncias mencionadas. Que o exposto é tudo o que tenho a dizer a respeito, não tendo nada mais a agregar, eliminar ou corrigir...'. Com o quê, nada mais havendo a acrescentar, se dá por finalizada a declaração que, lida e ratificada pela depoente, é assinada para devida conformidade perante a minha pessoa [sic], que certifico e dou fé. ASSINADO: Miriam Emilia Carizo (declarante). Agente (S.G.) [sic] María Rosa Finos, funcionária policial responsável. CERTIFICO: que a presente declaração é cópia fiel do original contido na página 12 do [...]."

67

A seguir, meu pai havia desenhado a árvore genealógica de Burdisso desde seus avós, sem incluir outras datas além das do nascimento e da morte de Alberto e de Alicia. Neste último caso, a segunda data, a da sua morte, era um ponto de interrogação.

69

Uma fotografia na qual aparece o retrato oval de um homem de bigode nietzschiano e gravata-borboleta junto a uma placa em que se lê: "Jorge Burdisso 19/2/1928, aos 72 anos. Saudades de seus familiares". Outra fotografia, "Margarita G. de Burdisso 31/3/1933, aos 68 anos. Saudades de seus familiares". Uma fotografia de um túmulo, com a inscrição "Família Burdisso". Ao ver a fotografia tive um sobressalto, já que eu conhecia esse túmulo: tinha me escondido atrás dele e de outras tumbas semelhantes, na época em que eu e alguns amigos brincávamos de esconde-esconde no cemitério quando os adultos não estavam por perto.

70

Uma fotocópia da lista telefônica com os dados de contato de pessoas de sobrenome "Páez" e da perfumaria Fanny.

71

A última folha da pasta se intitulava "Fala no funeral de Alberto José Burdisso", com local e data: "Cemitério de El Trébol, 21 de junho de 2008". Era, enfim, a transcrição das palavras do meu pai no enterro de Alberto José Burdisso: "Amigos e concidadãos, não tenho muito a acrescentar ao que já foi dito. Vocês com certeza conheciam o Alberto melhor do que eu, que fui amigo dele por alguns meses na escola primária.

"Mas me senti obrigado a estar aqui com ele e com vocês, para lembrar de alguém que não pôde estar aqui no dia de hoje. A cidade inteira deveria estar aqui hoje, porque acho que ninguém recebeu de Alberto nada além do bem. E veio muita gente. Não estão aqui aqueles que a vida decidiu levar antes, como seus pais e sua tia, que o criou. Não estão aqui os indiferentes, os que vivem olhando o próprio umbigo, insensíveis a tudo o que não seja seus próprios interesses. E não está aqui uma pessoa que não pode estar. Que não está em lugar nenhum e está em todos os lugares, esperando pela verdade, pedindo justiça, exigindo memória.

"Essa pessoa é Alicia, a irmã do Alberto, que, apesar de ser mais nova, cuidou dele como irmã mais velha, quando ambos ficaram sozinhos.

"Mas faz trinta e um anos que Alicia não está mais aqui. Hoje faz exatamente trinta e um anos que os capangas da ditadura civil-militar, a mais sangrenta de todas, desapareceram com ela em Tucumán, em 21 de junho de 1977.

"Alicia foi sequestrada e desaparecida porque fazia parte da geração que teve que lutar para que a liberdade voltasse ao nosso país. Para que pessoas como Alberto e como todos nós pudessem viver em um mundo sem medo e sem mordaças. Sem jovens como Alicia, hoje não poderíamos dizer o que pensamos, agir como acreditamos que devemos agir, escolher nosso destino. Não poderíamos ter feito, por exemplo, a marcha até a praça para exigir que o Alberto fosse encontrado. Nem as manifestações dos últimos dias, onde as pessoas puderam dizer que tipo de país elas querem, sem medo de serem sequestradas e desaparecidas.

"Hoje, estamos nos despedindo do Alberto, o que não pudemos fazer com a Alicia. Por isso, quando pedirem justiça para ele, lembrem-se de pedir para ela também. E que o Senhor os receba a ambos entre seus escolhidos."

72

A seguir havia uma folha em branco, e depois não havia mais nada exceto a superfície porosa do papel-cartão amarelo da pasta, que permaneceu aberta por um momento e depois foi fechada por uma mão que, embora eu não tivesse consciência disso naquele momento, era a minha, e estava cheia de rugas e sulcos que pareciam estradas de terra percorridas pela devastação e pela morte.

III

Os pais são os ossos nos quais os filhos afiam os dentes.

Juan Domingo Perón

I

Uma vez, muito tempo antes de tudo isso acontecer, minha mãe me deu de presente um quebra-cabeça que montei com avidez enquanto ela me olhava. Provavelmente não levei muito tempo para fazer isso, já que era um puzzle para crianças e tinha poucas peças, não mais de cinquenta. Quando acabei, levei-o até meu pai e mostrei-o com orgulho infantil, mas meu pai balançou a cabeça e disse: É muito fácil, e pediu que eu o entregasse a ele. Eu dei o quebra-cabeça, e ele então começou a cortar as peças em pedaços minúsculos, sem sentido algum. Ele só parou depois de ter cortado todas as peças e, quando acabou, me disse: Agora pode montar, mas eu nunca consegui montar de novo. Alguns anos antes, em vez de destruir um puzzle, meu pai tinha feito um para mim, com peças de madeiras retangulares, quadradas, triangulares e redondas, que mais tarde pintou de cores diferentes para facilitar sua identificação; lembro vagamente que as figuras redondas eram amarelas e as quadradas talvez fossem vermelhas ou azuis, mas o que importa é que, ao fechar a pasta do meu pai, tive a impressão que ele tinha criado mais um quebra-cabeça para mim. Dessa vez, no entanto, as peças eram móveis e precisavam ser montadas em um tabuleiro maior, que era a memória e era o mundo. Mais uma vez, me perguntei por que meu pai tinha participado da busca por aquele homem assassinado e por que quis registrar seus esforços e os resultados que eles não conseguiram alcançar, e as últimas palavras que ele havia dito sobre o assunto, ligando o morto a sua irmã desaparecida. Tive a impressão de que meu pai não estava realmente procurando o morto, que lhe importava pouco ou nada; ele estava na verdade procurando a irmã, retomando uma busca que certas circunstâncias trágicas – que eu mesmo, e talvez ele e minha mãe, tínhamos tentado esquecer – impediram-no de fazer no mês de junho de 1977, quando minha mãe, ele e eu – meus irmãos ainda não haviam nascido – vivíamos em um ambiente em que o terror fazia com que os sons e movimentos chegassem até nós com atraso, como se estivéssemos debaixo d'água. Cheguei à conclusão de que meu pai estava querendo encontrar sua amiga através do irmão dela, mas também me perguntei por que ele não começou essa busca antes, quando o irmão assassinado ainda estava vivo e não seria difícil para meu pai conversar com ele; quando o irmão sumiu, pensei, rompeu-se um dos últimos vínculos que uniam meu pai à irmã desaparecida, e justamente por isso não tinha sentido ir à procura do morto, já que os mortos não falam, não dizem nada das profundezas dos poços em que foram jogados nas planícies argentinas. Fiquei pensando se meu pai sabia que sua busca não daria nenhum resultado, e se ele não estava simplesmente hipnotizado pela simetria dos dois irmãos desaparecidos com pouco mais de trinta anos de distância um do outro, disposto a se jogar incessantemente contra a luz que o atraía até morrer de exaustão, como um inseto no ar escuro e quente de uma noite de verão.

3

Minha irmã estava de pé ao lado da máquina de café no final do corredor da unidade de tratamento intensivo e só falou quando terminei de lhe contar sobre a pasta do meu pai. Ele participou nas buscas, mas fez isso por conta própria, sem se misturar com as outras iniciativas, ela me disse. Ele procurou nos lugares em que a polícia não parecia muito interessada, como córregos e brejos, e debaixo de algumas pontes em ruínas, além de algumas casas abandonadas nas encruzilhadas das estradas rurais. Talvez ele já estivesse doente nessa época, ou talvez tenha adoecido por causa do que aconteceu. Só falava nisso, durante todas as semanas em que duraram as buscas. Perguntei a minha irmã por que meu pai tinha se envolvido desse modo em uma busca por alguém que ele mal conhecia, mas minha irmã me interrompeu com um gesto e disse: Conhecia sim; foram colegas de escola durante um tempo. Quanto tempo?, perguntei. Minha irmã deu de ombros. Não sei, mas uma vez ele me disse que se arrependia de não ter falado com o Burdisso sobre a irmã dele enquanto ele ainda estava vivo, disse que às vezes via o Burdisso na rua e sempre pensava em abordá-lo e perguntar se ele tinha alguma informação sobre ela, mas nunca conseguia encontrar um jeito de começar a conversa e acabava desistindo. Quem é Fanny?, perguntei. Minha irmã pensou um momento: É uma parente distante do Burdisso, ela disse. Ele queria convencê-la a intervir no processo como demandante civil, para fazer o processo andar. Por que ele estava tão interessado nessa desaparecida?, perguntei a ela, mas minha irmã levou o copo de café aos lábios, deu um gole e jogou-o na lixeira. Está frio, murmurou, então extraiu outra moeda do bolso e introduziu-a na máquina e disse, como se estivesse continuando uma conversa anterior: Você o viu no museu? Perguntei: Quem? Minha irmã disse o nome do meu pai. Ele foi entrevistado para uma exposição que está no museu da cidade; você devia ir lá ver, acrescentou, e eu fiz que sim com a cabeça, em silêncio.

3

Entrei no museu, paguei a entrada e procurei a sala com a exposição dedicada à imprensa diária da cidade. O museu reunia uma miscelânea de coisas sem importância e as quinquilharias de uma cidade mercantil que não tinha história alguma, exceto a da flutuação dos preços dos cereais embarcados em seu porto ao longo dos anos, a única razão que justificava sua existência naquele lugar à beira de um rio e não dois quilômetros mais ao sul ou mais ao norte, ou em qualquer outro lugar. Enquanto andava pelas salas, fiquei pensando que eu tinha morado nessa cidade e que, em algum momento, ela tinha sido o lugar em que supostamente eu iria ficar, amarrado a ela de forma permanente por uma força atávica que ninguém conseguia explicar, mas que afetava muitas pessoas que moravam lá – que a odiavam com veemência e, no entanto, nunca iam embora de lá –, uma cidade que não largava as pessoas que nasciam nela, que iam embora e voltavam, ou nunca iam a lugar nenhum e se bronzeavam no verão e tossiam no inverno e compravam casas com suas mulheres e tinham filhos que também não conseguiam nunca ir embora da cidade.

4

Na sala que exibia a exposição dedicada à imprensa diária, havia um televisor que funcionava ininterruptamente e uma cadeira. Sentei nela tremendo, escutei dados e cifras e vi as primeiras páginas de vários jornais até que meu pai apareceu na tela. Estava do mesmo jeito que eu me lembrava dele nos últimos anos. Tinha uma barba branca e longa, que alisava de vez em quando para fazer charme, e falava de jornais onde tinha trabalhado, jornais que tinha visto quebrar e reaparecer com outros nomes e outras equipes em outros lugares que, invariavelmente, tinham sido liquidados judicialmente pouco depois, quando os jornais tinham quebrado de novo e o ciclo tinha se repetido desde o começo, se é que houve um começo; toda uma série de ciclos terríveis de exploração desenfreada e de desemprego, encadeando-se um ao outro sem deixar lugar algum para a vocação ou a esperança. Meu pai contava sua história, que aparentemente era também a história da imprensa da cidade onde ele tinha decidido morar, e eu, olhando para ele na tela daquela exposição em um museu, sentia uma ponta de orgulho e uma decepção muito forte, que era a decepção que eu costumava sentir quando pensava em tudo o que meu pai tinha feito e na impossibilidade de imitá-lo ou de oferecer-lhe uma conquista que estivesse à altura das suas, que eram muitas e eram contadas em páginas de jornal, em jornalistas formados por ele e que por sua vez tinham me formado, e em uma história política da qual eu já soube um dia, mas depois tentei esquecer quase tudo.

5

Naquela tarde, assisti três ou quatro vezes ao documentário que incluía a entrevista com meu pai, escutando-o atentamente até as datas e os nomes se tornarem familiares, mas sobretudo até que olhar para ele começou a ser terrível demais. Vou começar a chorar, pensei, mas esse pensamento foi o bastante para me impedir de fazer isso. A certa altura um funcionário entrou e anunciou que a sala fecharia em cinco minutos, e depois se aproximou do televisor onde meu pai estava falando e o desligou. Meu pai deixou incompleta a frase que dizia e eu tentei completá-la, mas não consegui: onde antes estava a cara do meu pai agora eu via a minha, refletida na tela escura com minhas feições contorcidas em uma expressão de dor e tristeza que eu nunca tinha visto.

7

Uma vez meu pai me disse que gostaria de ter escrito um romance. Naquela noite, diante de sua mesa de trabalho, em um quarto que um dia fora meu e que parecia nunca ter luz suficiente, fiquei me perguntando se ele já não tinha feito isso. Entre seus papéis havia uma lista de nomes organizados em duas colunas e linhas coloridas unindo-os entre si, onde o vermelho era a cor predominante. Também havia uma capa de revista, a capa de uma revista local que se chamava *Semana Gráfica* e que eu sabia – porque uma vez ouvi meu pai dizer isso, e o que ele disse e, especialmente, o orgulho com que disse tinham sobrevivido ao desmoronamento quase absoluto da minha memória – que era uma revista que ele fundou na adolescência e que foi seu primeiro trabalho jornalístico, muito antes de ter ido a uma cidade do centro do país para estudar essa profissão. E havia também fotografias, que talvez fossem os materiais para o romance que meu pai queria escrever e que nunca escreveu.

8

Como seria o romance que meu pai queria escrever? Breve, feito de fragmentos, com lacunas onde meu pai não quisesse ou não conseguisse se lembrar de algo, feito de simetrias – histórias duplicando-se a si mesmas incessantemente, como uma mancha de tinta em um papel dobrado incontáveis vezes, um tema simples repetido continuamente como numa sinfonia ou no monólogo de um idiota – e mais triste que o dia dos pais em um orfanato.

9

Uma coisa estava clara: o romance que meu pai teria escrito não seria um romance alegórico nem uma ficção doméstica nem um romance de aventuras ou de amor, não seria uma alegoria nem uma balada nem um romance de formação, tampouco um romance policial nem uma fábula nem um conto de fadas nem uma ficção histórica, não seria um romance cômico nem épico nem de fantasia, tampouco um romance gótico ou industrial; certamente não seria um romance naturalista ou de ideias ou pós-moderno nem um folhetim ou um romance realista ao estilo do século XIX e, é claro, tampouco seria uma parábola ou uma obra de ficção científica, de suspense ou um romance social nem um livro de cavalaria ou um romance em versos; para falar a verdade, seria melhor que também não fosse um romance de mistério ou de terror, ainda que causasse medo e pena.

10

Entre os papéis do meu pai, encontrei um anúncio do jornal argentino *Página 12*, datado de quinta-feira, 27 de junho de 2002. O texto do anúncio era o seguinte: "Alicia Raquel Burdisso, jornalista, estudante de Letras (25 anos). Presa por forças de segurança e desaparecida na cidade de Tucumán em 21/6/1977.

"Vinte e cinco anos depois do seu sequestro (enquanto saía do trabalho), ainda não sabemos o que aconteceu. Não podemos esquecer o crime tenebroso do seu desaparecimento. Jamais recebemos qualquer explicação oficial sobre esse delito vergonhoso.

"Lembramos de você com muito carinho e emoção.

"Alberto, Mirta, Fani, David."

À direita do texto havia uma fotografia de uma jovem. A mulher tinha um rosto oval emoldurado por cabelos negros e fartos, em seu rosto se destacavam as sobrancelhas finas e os olhos grandes e muito marcados, que não olhavam para a câmera e sim para algo ou alguém situado à direita e acima de onde estava o fotógrafo anônimo enquanto ele capturava a imagem dessa mulher, com seus lábios finos contraídos em uma expressão de seriedade interrogativa. Não havia nenhuma razão para duvidar que a mulher da fotografia fosse Alicia Raquel

Burdisso; ao contrário, tudo levava a crer que era ela, mas seu olhar e sua insólita seriedade também faziam supor que ela não era uma jovem de vinte e cinco anos, e sim uma mulher que tinha visto muitas coisas, tinha decidido ir atrás delas e mal conseguia parar um instante para posar para uma fotografia, uma pessoa que olhava tão concentrada para aquele ponto acima dela que, se alguém lhe perguntasse no momento em que era fotografada, ela mal saberia dizer como se chamava ou onde morava.

II

A seguir, havia outras fotografias. A primeira delas mostrava uma dezena de jovens sentados em uma mesa com duas garrafas de vinho, uma das quais ainda não tinha sido aberta, e alguns copos. Nem todos os jovens olhavam para o fotógrafo ou fotógrafa; só o que se encontra à esquerda de um jovem que é meu pai, e duas mulheres que estão de pé atrás dele. Uma série de elementos, em particular as grades na janela, me fizeram perceber que os jovens estavam na sala de estar da casa dos meus avós paternos; dois deles seguram violões: meu pai, cuja mão esquerda parece que está fazendo um acorde de *mi* no alto do braço do instrumento, e outra jovem que parece que está tocando um *dó* menor – também poderia ser um *sol* sustenido menor; sem ver a pestana do violão, fica difícil saber – e olha para a direita da fotografia. Meu pai e um outro jovem usam camisas quadriculadas; outro rapaz, uma camisa listrada; duas mulheres usam vestidos estampados de flores, como era costume na década de 1960; duas mulheres têm cabelo liso e outra usa um penteado igual ao de Jeanne Moreau. Meu pai tem o cabelo bastante comprido para a época, e uma barba densa que mal deixa ver seu queixo, que ele provavelmente raspava. Por trás desse grupo de jovens há um quadro-negro escrito à mão, onde se lê: "*Semana Gráfica*, um ano de veneno". À direita da fotografia há uma jovem que sorri, olha para a frente e parece que está cantando. É Alicia Raquel Burdisso.

12

Outra fotografia mostrava os mesmos dez jovens, e mais um, provavelmente o fotógrafo da imagem anterior, no pátio da casa dos meus avós paternos. Um deles está fumando. Meu pai sorri. Alicia encosta a cabeça no ombro de uma das mulheres, que a cobre quase completamente.

13

Uma terceira fotografia mostra os jovens fazendo palhaçadas. Meu pai usa uma espécie de capacete na cabeça e segura o próprio pulso; Alicia está à sua direita e usa um chapéu de palha e uma flor no cabelo; está fumando e, pela primeira vez na série de fotografias, está rindo. A data da fotografia é novembro de 1969.

14

Se tivermos uma cópia digital da fotografia, como é o caso, e ela for ampliada várias vezes, como fez meu pai, o rosto da mulher se desintegra em um monte de quadradinhos cinza até que a mulher, literalmente, desaparece por trás desses pontinhos.

15

Meu pai tinha escrito até mesmo um breve resumo biográfico das pessoas marcadas com flechas na primeira folha da pasta: havia nomes, datas e siglas de partidos políticos e de grupos que já não existiam mais e cujos ecos chegavam até mim como as vozes imaginárias dos mortos em uma sessão espírita. A lista do meu pai incluía uma dúzia de nomes, seis dos quais eram associados aos nomes de organizações políticas. Em seguida, meu pai tinha incluído na pasta algumas fotocópias da primeira página da publicação que ele dirigia, e destacado com um marca-texto amarelo os nomes das pessoas que apareciam na lista. Um deles era o de Alicia Raquel Burdisso, que, na lista do meu pai, estava reduzida a uma só data, a do seu nascimento; na outra havia um ponto de interrogação, mas, para mim, ali naquele momento, esse ponto de interrogação não trazia uma pergunta e sim uma resposta, que explicava tudo.

16

A seguir havia uma folha impressa, provavelmente extraída da internet, com a fotografia que eu já tinha visto no anúncio do jornal *Página 12*, e o seguinte texto: "Alicia Raquel Burdisso Rolotti: Presa e desaparecida em 21/6/1977. Alicia tinha 25 anos. Nasceu em 8 de março de 1952. Estudante de Jornalismo e Letras. Escrevia poemas e artigos para a revista *Aquí Nosotras* da UMA (União das Mulheres da Argentina, seção feminina do Partido Comunista) e para o jornal *Nuestra Palabra* (órgão oficial e histórico desse partido). Foi sequestrada em seu trabalho em San Miguel de Tucumán. Foi vista no Centro Clandestino de Detenção do Quartel-General da Polícia de Tucumán". Na mesma folha havia um depoimento em forma de carta a Alicia, assinada por René Nuñez: "Irmã de alma, ainda lembro quando, no meio do frio e do silêncio aterrador, levantei a faixa que vendava meus olhos e lá estava você, tão pequenininha, tão magrinha que eu achava que você era uma menina de doze anos, com um sorriso nos cumprimentamos e senti em você uma força excepcional que me enchia de esperança, especialmente quando você me encorajava e me dizia (com sinais e com uma escrita muda na parede) 'vão nos levar daqui para o PEN' [Poder Executivo Nacional], 'estamos salvos'. Mas eu sabia que estava tudo acabado e me levaram para ser executado, não sei como nem por que não me mataram, me jogaram em um terreno baldio cheio de lixo. Por isso era tão grande minha esperança, e não imaginava que nunca mais veria você de novo. Irmã, companheira, camarada! Não pude fazer mais nada por você a não ser manter viva sua lembrança e continuar difundindo, em sua homenagem e de todos que já não estão conosco, as razões da nossa luta". A seguir, e por último, havia um poema: "Vem, abandona esta madrugada/ teus vazios e a solidão/ onde encalhou o egoísmo/ que foi te devorando, implacável./ Verás então que tua cegueira era só mística/ que eram sombras na alma/ e que é possível alcançarmos juntos a aurora/ para fazer nascer o dia". Talvez o poema fosse de Alicia Burdisso.

17

Ao deixar as fotografias sobre a mesa de trabalho do meu pai, compreendi que o interesse dele pelo que tinha acontecido com Alberto Burdisso era o resultado do seu interesse pelo que tinha acontecido com Alicia, e que esse interesse era, por sua vez, o produto de um fato que talvez meu pai não conseguisse explicar nem sequer a si mesmo, mas que ele tentou desvendar juntando todo esse material, e esse fato era que ele tinha envolvido Alicia na política sem saber que o que estava fazendo iria custar a vida dessa mulher, e que custaria a ele décadas de medo e de arrependimento, e que tudo isso teria efeitos sobre mim, muitos anos depois. Enquanto eu tentava deixar para trás as fotografias que tinha acabado de ver, compreendi pela primeira vez que todos nós, filhos dos jovens da década de 1970, teríamos que desvendar o passado de nossos pais como se fôssemos detetives, e que nossas descobertas seriam parecidas demais com um romance policial que preferiríamos nunca ter comprado, mas também percebi que não havia forma de contar a história deles à maneira do gênero policial ou, para ser mais preciso, que contá-la dessa maneira seria trair suas intenções e suas lutas, já que narrar a história deles como se fosse uma história de detetive apenas contribuiria para ratificar a existência de um sistema de gêneros, ou seja, de uma convenção, e que isso seria trair seus esforços, que tentaram desafiar essas convenções, tanto as convenções sociais como seus pálidos reflexos na literatura.

18

Além disso – e eu já tinha visto muitos livros assim e veria muitos outros no futuro – contar o que aconteceu naquela época sob a perspectiva do gênero policial tinha algo de espúrio, já que, por um lado, o crime individual tinha menos importância que o crime social, mas o crime social não podia ser contado com os artifícios de uma história de detetive; ele exigia uma narrativa que tivesse a forma de um imenso friso ou então a aparência de uma história íntima e pessoal que evitasse a tentação de contar tudo, uma peça de um quebra-cabeça inacabado que obrigasse o leitor a procurar as peças adjacentes e depois continuar procurando peças até fazer surgir a imagem; e, por outro lado, porque o desfecho da maior parte das histórias policiais é condescendente com o leitor, não importa quão brutais sejam as tramas, para que o leitor, depois de os fios soltos terem sido amarrados e os culpados finalmente castigados, possa retornar ao mundo real com a convicção de que os crimes são resolvidos e permanecem trancados entre as capas de um livro, e que o mundo fora do livro se guia pelos mesmos princípios de justiça da história narrada e não deve ser questionado.

19

Ao pensar em tudo isso, e ao pensar novamente no assunto durante os dias e as noites seguintes, deitado na cama de um quarto que tinha sido meu ou sentado na cadeira de um corredor de hospital que começava a me parecer familiar, em frente à janela redonda de um quarto no qual meu pai estava morrendo, disse a mim mesmo que eu tinha o material para escrever um livro e que esse material tinha sido dado a mim por meu pai, que tinha criado para mim uma narrativa da qual eu teria que ser ao mesmo tempo autor e leitor, descobrindo-a à medida que narrava, e me perguntei também se meu pai tinha feito isso de forma deliberada, como se pressentisse que um dia ele não estaria mais lá para levar a cabo a tarefa por si mesmo e que esse dia estava se aproximando, e ele quisesse me deixar um mistério como herança; e me perguntei também o que ele pensaria disso, já que era um jornalista e portanto dava muito mais atenção à verdade do que eu, que nunca me sentira à vontade com ela e colocara obstáculos para que ela se afastasse de mim, e havia ido embora para um país que desde o começo não tinha sido uma realidade, um lugar onde não existia a situação opressiva que foi real para mim durante longos anos, me perguntei, então, o que ele pensaria se eu escrevesse uma história que eu mal conhecia, que sabia como terminava – era evidente que terminava em um hospital, como terminam quase todas as histórias –, mas não sabia como começava ou o que acontecia no meio. O que o meu pai pensaria se eu contasse sua história sem conhecê-la completamente, perseguindo-a nas histórias de outras pessoas como se eu fosse o coiote e meu pai fosse o papa-léguas, e eu tivesse que me resignar, com uma expressão de perplexidade no rosto, ao vê-lo sumir no horizonte, deixando atrás de si uma nuvem de poeira; o que o meu pai pensaria se eu contasse sua história e a história de todos nós sem conhecer em profundidade os fatos, com dezenas de fios soltos que iria amarrando lentamente para construir uma narrativa que avançava aos trancos e barrancos e em direção contrária ao que eu havia planejado, apesar de ser eu, inevitavelmente, o seu autor. O que tinha sido meu pai? O que ele havia desejado? O que era esse cenário de terror que eu quis esquecer completamente, mas que ressurgiu quando os remédios começaram a acabar e eu descobri entre os papéis dele a história dos desaparecidos, que meu pai tornou sua, que explorou o máximo possível para não ter que se aventurar em sua própria história?

20

No dia seguinte à visita ao museu, adoeci. O primeiro dia, sem dúvida, foi o pior; me lembro da febre, da prostração e de uma série de sonhos recorrentes que se repetiam como um carrossel cujo operador tivesse enlouquecido ou fosse um sádico. Nem todos os sonhos tinham sentido, mas o fio condutor entre eles tinha, e o que esses sonhos diziam, mesmo que de forma fragmentária, eu consigo me lembrar – apesar da minha péssima memória, apesar da série lamentável de circunstâncias que fizeram com que essa memória se tornasse imprestável durante um longo período que começava a chegar ao fim –, sim, consigo me lembrar de tudo até hoje.

21

Sonhei que entrava em uma loja de animais e parava para olhar os peixes tropicais; um deles chamava especialmente minha atenção: era transparente, mal se distinguiam sua silhueta, seus olhos, também transparentes, e seus órgãos; mas, ao contrário dos outros peixes, que também eram um pouco translúcidos, esse era completamente translúcido e tinha os órgãos separados como se fossem pedras coloridas colocadas dentro dele, sem conexão umas com as outras, um punhado de órgãos autônomos sem centro de comando.

22

Sonhei que estava escrevendo em meu antigo quarto em Göttingen quando descobria que tinha insetos nos bolsos; não sabia como eles tinham ido parar lá e, embora fizesse sentido tentar descobrir isso, a única coisa que me preocupava naquela situação era que ninguém notasse que os insetos estavam lá e tentavam sair.

22

Sonhei que montava um cavalo quando suas patas dianteiras se soltavam do corpo, com toda a naturalidade, enquanto ele bebia água; o cavalo devorava as próprias patas; em seguida, a cabeça se descolava do pescoço e rodava tentando se juntar ao corpo de novo. Eu imaginava que nasceria outra cabeça no cavalo, primeiro um toco com a consistência de um feto, depois uma cabeça com a forma normal de um cavalo.

23

Sonhei que subia umas escadas e três anéis caíam das minhas mãos: o primeiro era um anel de prata em forma de zigue-zague que eu usava no dedo anular, o segundo era um anel em forma de corrente para o dedo médio, o terceiro era o anel de Ángela F. e tinha uma pedra azul.

24

Sonhei que eu era um menino e observava os preparativos para o que parecia ser o suicídio de uma mulher; a mulher usava camisola e estava deitada na cama de um lugar que eu identificava como o quarto de um hotel modesto em algum lugar do Oriente, com um rosário entre as mãos; sobre sua cama havia uma bandeira branca e vermelha. A mulher segurava uma escopeta. Olhava para mim fixamente e eu percebia que ela estava me culpando pelo que iria fazer. Eu tinha pensado que o suicídio seria fingido, mas nesse momento percebia que seria real. Antes de enfiar o cano da escopeta na boca, ela me entregava uma fotografia na qual se via Juan Domingo Perón com os principais membros da Resistência peronista, e me dizia que a fotografia tinha sido tirada antes de todos começarem a atirar uns nos outros. Na fotografia aparecia a mulher.

22

Sonhei que sonhava sobre a relação entre as palavras *verschwunden* ("desaparecido") e *Wunden* – que não existe de maneira independente em alemão, mas em certos casos é o plural de *Wund* ("ferida") – e as palavras *verschweigen* ("calar") e *verschreiben* ("receitar").

11

Sonhei que estava de volta aos pampas argentinos e assistia a uma diversão popular chamada *el domadito*: com artimanhas, enganavam um macaco para fazê-lo entrar num poço, que depois enchiam com terra até que só a cabeça do macaco ficasse de fora. Em seguida, um animal, geralmente um leão, era solto na arena; as pessoas apostavam se o macaco poderia escapar da armadilha e, em caso afirmativo, se era capaz de matar o leão. Em algumas poucas ocasiões o macaco conseguia, mas sempre – tendo conseguido ou não derrotar seu oponente – ele acabava se matando, ao perceber que era parecido com os humanos à sua volta, que se divertiam com uma brincadeira dessas.

9

Sonhei que, em um trem da empresa alemã Metronom, conhecia uma mulher que era obrigada a carregar um bebê que se desenvolvia em um útero fora do seu corpo, unido a ela apenas pelo cordão umbilical. Se alguém pedisse para vê-lo, a mulher extraía o útero de uma sacola que trazia sempre consigo. O útero tinha o tamanho de um sapato; dentro dele havia um bebê em gestação que expressava emoções e reações que só a mãe sabia interpretar. Uma fiscal do trem passava por mim e eu perguntava a ela como chegar a uma cidade chamada Lemdorf ou Levdorf, mas ela não me respondia. Na estação de trem de uma cidade industrial chamada Neustadt, cujas chaminés e fábricas eu podia ver do salão da estação, a fiscal que não tinha me respondido antes me dizia que para ir a Lemdorf ou Levdorf eu tinha duas opções: ou pegava um ônibus para uma cidade no meio do caminho e depois pegava outro, ou dava comida envenenada a um mendigo que havia na porta da estação. Então eu compreendia que Lemdorf ou Levdorf, o lugar no norte da Alemanha para onde eu estava indo, era o inferno.

26

Sonhei que conhecia um método de adivinhação: duas pessoas cospem na boca uma da outra; a transferência do líquido transfere também seus projetos e desejos.

3

Sonhei que visitava Álvaro C.V. em um museu onde trabalhava. O museu ficava em um edifício que lembrava a escola de design de Barcelona. Eu começava a perambular pelas salas à procura de Álvaro, cada sala era diferente e em todas elas havia objetos nos quais minha atenção parecia querer se fixar indefinidamente. Em uma delas, havia uma vitrine onde eram exibidos objetos parecidos com pistões, feitos com cabaças que – assim dizia o letreiro explicativo – produziam sons indescritíveis. No final de um corredor, eu finalmente encontrava Álvaro e saíamos do museu, mas minha atenção tinha ficado naquelas salas e eu entendia que só a teria de volta depois que soubesse que aparelhos eram aqueles e pudesse descrever os sons que produziam. Pouco depois, estava de volta ao museu e observava dois experimentos realizados lá. No primeiro, um gato era mergulhado em uma solução de borracha e depois encaixado num tubo de papelão. Uma mulher explicava que o resultado era uma antena que podia ser montada em casa quando o sinal de televisão ou de rádio fosse fraco demais para ser captado por uma antena convencional. Ao lado dela, o gato ainda se sacudia e miava, mas pouco a pouco ia parando de se mexer, já que não conseguia respirar por causa do espartilho de papelão, e finalmente sua cabeça tombava na boca do tubo enquanto a antena continuava de pé. Em seguida, pegavam um macaquinho e colocavam nele um colarinho de papelão semelhante às golas do século XVII. Então começavam a cortar os músculos do seu pescoço, um a um, estudavam o tempo que levavam para parar de se mexer, analisavam quanto tempo o macaco levava para entender o que estava acontecendo com ele, e deduziam quais músculos e veias deveriam ser cortados por último para que o animal vivesse o máximo possível. Eu sabia que o colarinho de papelão tinha sido colocado para que o macaco não se aterrorizasse ao ver o que faziam com ele, mas seus gemidos tímidos, que iam se transformando em um mero gorgolejar, e a expressão do seu rosto, deixavam claro que ele sabia e sentia perfeitamente o que estava acontecendo. Ele parava de mexer as pernas, uma a uma, depois os braços ficavam rígidos, os pulmões paravam de funcionar e, finalmente, quando o rosto do animal era apenas uma máscara de horror, cortavam uma veia grossa que era uma espécie de fio vermelho unindo a cabeça ao resto do corpo embaixo do colarinho de papelão, e o macaco morria.

22

Sonhei que assistia televisão em uma pensão em Roma e, no programa, falavam da esposa do primeiro-ministro sérvio Goran D. O sobrenome da mulher era "boceta" e diziam que ela estava em contato com a "vagina", ou máfia russa.

30

Sonhei que havia uma escritora louca chamada Clara. Um psiquiatra ao seu lado explicava sua decisão de não querer ser entrevistada por uma equipe de documentaristas e dizia a palavra "humilhação" várias vezes até que ela se levantava e colocava um prato branco de metal em cima da cadeira, dizendo que esse prato era ela. Em seguida, usando as unhas, ela escrevia uma fórmula de física no chão de cimento e depois ia embora. Nos dias seguintes, ela parava de se alimentar. Minha teoria era que a escritora queria expressar um desejo – pedir comida – e fez isso do único jeito que sabia: como se nós, se quiséssemos comer melancia, pedíssemos água e açúcar. Mas o resto dos espectadores pensava diferente: a fórmula de física – descrevendo as proporções entre a terra e o sol – não era um pedido, e sim uma revelação que a escritora nos fazia antes de morrer, por falta de comida e de força de vontade.

31

Sonhei que estava vendo um filme com meu pai. Uns sapatos, acho que eram meus, estavam no chão entre nós e o televisor, que mostrava um comercial feito com imagens de máquinas voadoras desenhadas por crianças. Um texto manuscrito vinha logo depois do comercial: Todos nós somos parte do nosso idioma; quando um de nós morre, morre também nosso nome e uma parte pequena, mas significativa, da nossa língua. Por essa razão, e porque não desejo empobrecer o idioma, decidi continuar vivendo até que surjam novas palavras. A assinatura no final do texto era ilegível e só dava para entender as três datas que vinham em seguida: 1977, 2008 e 2010. Meu pai se virava para mim e dizia: 2010 é 2008 sem 1977, e 1977 é 2010 ao contrário. Você não tem nada a temer, e eu respondia: Eu não tenho medo, e meu pai voltava a olhar para a tela do televisor e dizia: Mas eu tenho.

IV

Somos sobreviventes, continuamos vivendo depois que outros morreram. Não há mais nada a fazer. E não há mais nada a fazer a não ser herdar, seja o que for. Uma casa, um caráter, uma sociedade, um país, uma língua. Mais tarde, outros virão; nós também somos pessoas que ainda vão chegar. O que fazer com essa herança?

Marcelo Cohen

1

Minha mãe tinha uma expressão séria no rosto quando acordei, e ela veio em minha direção como se atravessasse o ar quente e trêmulo de um dia de verão. Lá fora chovia – tinha começado a chover quando eu estava voltando do museu, no dia anterior – e o rosto da minha mãe parecia resumir essa situação absurda, em que seu marido e seu filho estavam doentes e ninguém sabia o que fazer; como eu sempre fazia quando ficava doente, chamei minha irmã. Ela está agora no hospital, respondeu minha mãe, mas ontem passou o dia inteiro ao seu lado. Minha mãe colocou um pano úmido sobre a minha testa. Você foi ao museu ver seu pai?, ela me perguntou; sem esperar minha resposta, disse: Já imaginava, e virou o rosto, que começava a se cobrir de lágrimas.

2

Lá fora a chuva continuava caindo e, ao cair, invadia o ar e parecia engoli-lo; a água deslocava o ar, empurrando-o para trás da sólida cortina de água formada entre o céu e a terra, até um lugar que estava fora do alcance dos meus pulmões, e dos pulmões dos meus pais e dos meus irmãos. Embora o ar estivesse cheio d'água, ele também parecia vazio, como se o ar não tivesse sido substituído pela água e sim por uma substância intermediária, que era a substância de que é feita a tristeza, o desespero e todas as coisas que esperamos não ter que enfrentar nunca, como a morte dos pais, e no entanto estão lá o tempo todo, em uma paisagem infantil onde está sempre chovendo, uma paisagem da qual não conseguimos nunca desviar os olhos.

4

É de manhã ou de tarde, perguntei a meu irmão quando ele apareceu com uma xícara de chá. Tarde, disse meu irmão. Você quer dizer que é tarde ou que é de tarde, perguntei, mas meu irmão já tinha ido embora quando consegui articular a pergunta.

5

É de manhã ou de tarde, perguntei de novo. Dessa vez meu irmão trazia uma tigela com uma sopa que ele tinha preparado. É de noite, ele disse, apontando lá para fora. Me disse que minha mãe e minha irmã estavam no hospital com meu pai e passariam a noite lá. Então é você quem vai cuidar de mim, eu disse a ele, tentando soar sarcástico. Meu irmão respondeu: Vamos ver televisão, e puxou para perto dele uma mesa com rodinhas onde estava o aparelho.

6

Eu gostava de estar ali, com meu irmão. A febre tinha começado a ir embora, mas eu ainda tinha dificuldades para focalizar a vista por longos períodos e tive que desviar o olhar quando meu irmão começou a navegar pelos canais da televisão local procurando um filme que ele achasse adequado para vermos naquela noite. A certa altura, parou em um programa sobre policiais que perseguiam marginais em uma favela na periferia da capital do país; o áudio do programa não estava muito bom – era de esperar, já que tinha sido filmado nas piores condições, entre tiroteios e com mau tempo – e o idioma local parecia ter mudado muito desde a minha partida, e eu não entendia nada do que eles estavam dizendo. Embora a fala dos policiais também fosse incompreensível, nesse programa só os pobres eram legendados, e fiquei pensando por um momento sobre que país era esse em que os pobres precisavam ser legendados, como se estivessem falando uma língua estrangeira.

7

Por fim, meu irmão parou em um canal em que tinha acabado de começar um filme: um jovem sofria um acidente trivial e precisava passar alguns dias no hospital; ao voltar para casa, por alguma razão, ele achava que seu pai era culpado pelo acidente e começava a persegui-lo, observando-o de longe e sempre mantendo distância. O comportamento do pai não dava sinais de ser perigoso, mas o filho o interpretava como se fosse: se o pai entrava em uma loja e experimentava um paletó, o filho achava que ele planejava usá-lo como disfarce para perpetrar o crime, já que o pai jamais usava esse tipo de roupa. Se o pai consultava uma revista de viagens na barbearia, o filho achava que ele estava procurando um lugar para escapar depois de ter consumado o assassinato. Na imaginação do filho, tudo o que o pai fazia estava relacionado a um assassinato, um só, que o filho achava que ele iria cometer e, já que o filho amava o pai e não queria que ele acabasse na prisão – e como, além disso, achava que a vítima do crime seria ele próprio –, começava a preparar armadilhas para impedi-lo de cometer o suposto assassinato: escondia o paletó, queimava o passaporte do pai no banheiro e destruía as malas a facadas. Quanto ao pai, esses incidentes domésticos inexplicáveis – seu paletó novo tinha desaparecido, seu passaporte também, as malas apareciam rasgadas – surpreendiam-no, mas também o irritavam. Seu caráter, geralmente jovial, azedava dia após dia, e algo inexplicável, algo difícil de justificar, mas ao mesmo tempo tão real quanto um temporal inesperado, fazia com que ele se sentisse perseguido por alguém. Quando ia para o trabalho, olhava obsessivamente os rostos dos passageiros ao seu lado no metrô; enquanto caminhava, parava em cada esquina para olhar para trás. Nunca via o filho, mas o filho o via e atribuía seu nervosismo e sua irritabilidade à ansiedade causada pela iminência do crime. Um dia o pai contou ao filho suas suspeitas, e o filho tentou tranquilizá-lo. Não se preocupe, é a sua imaginação, disse ele, mas o pai continuava nervoso e exaltado. Nessa mesma tarde, enquanto seguia o pai como sempre fazia, o filho o viu comprando uma pistola. Ao chegar em casa à noite, o pai mostrou a arma à mulher e ao filho; logo começaram a discutir. A mulher, que havia tempos duvidava da estabilidade mental do marido, tentou arrancar-lhe a arma; eles se atracaram, enquanto o filho assistia sem saber o que fazer até que soltou um grito e se colocou entre os dois. Então a pistola disparou e a mãe caiu, morta. Ao olhar para ela, o filho entendeu que sua intuição tinha sido correta e, ao mesmo tempo, errada: ele tinha previsto o crime, mas não imaginava que a vítima não seria ele; e mais, que o autor do crime não seria seu pai e sim ele mesmo, e que seu pai seria apenas o instrumento de uma imaginação descontrolada e que não lhe pertencia, e tudo isso seria o resultado da acumulação de fatos reais, profundamente reais, mas interpretados de forma errada. Quando o filme acabou, descobri que meu irmão tinha adormecido e não quis acordá-lo. As luzes dos comerciais de carros e de iogurte continuaram se projetando no meu rosto ainda por um longo tempo.

8

Anteontem à noite você delirou, disse minha irmã enquanto me trazia uma xícara de chá na manhã seguinte. Ela me perguntou se eu me lembrava o que tinha sonhado e lembrei de dois ou três sonhos e contei-os a ela. Ela me disse que não gostou dos sonhos, porque em todos eles algum bicho morria, mas o do meu pai ela gostou. Os meus sonhos não foram feitos pra você gostar, respondi, e ela sorriu. Você sempre contava seus sonhos quando ele levava a gente para a escola, lembra? Fiz que não com a cabeça. Ele saía na frente e ligava o carro, depois nós saíamos e sentávamos no banco de trás e lá você contava o que tinha sonhado na noite anterior; você sempre sonhava com bichos mortos e torturados. Nunca entendi por que ele sempre ia na frente para ligar o carro, eu disse; não fazia sentido, porque de qualquer maneira ele teria que esperar a gente. Minha irmã me olhou como se não estivesse entendendo o que eu dizia ou como se eu fosse um desses marginais que vi na televisão falando sua língua de miseráveis, perdidos em uma terra que não lhes pertencia. Não entendo como é que você não lembra, ela me respondeu. Naquela época costumavam matar jornalistas colocando bombas nos carros; ele ia na frente para assumir o risco sozinho e nos proteger. Não consigo acreditar que você não se lembra disso, ela disse.

9

Foi então que tudo o que eu tinha tentado esquecer voltou à tona com uma intensidade incomum, e agora não de forma indireta, como as imagens nebulosas de fotografias que eu tivesse reunido só para não precisar olhar para elas. Agora tudo aquilo estava voltando de frente, e com a força avassaladora do caminhão de bombeiros que eu via às vezes quando tomava remédios demais. Estava lá, simplesmente, e explicava tudo, explicava o terror que eu instintivamente associava ao passado, como se no passado tivéssemos vivido em um país chamado medo cuja bandeira fosse um rosto desfigurado pelo terror, explicava meu ódio por esse país infantil e por que o abandonei, em um desterro que começou muito antes de eu ir embora para a Alemanha e de tentar, até por fim conseguir, esquecer tudo. Cheguei a acreditar que a minha viagem não tinha volta, porque eu não tinha um lar para onde voltar, devido às condições em que eu e minha família vivemos durante um longo tempo, mas naquele momento percebi que eu tinha sim um lar, e que esse lar era um monte de lembranças e que essas lembranças sempre haviam me acompanhado, como se eu fosse um desses caracóis imbecis que eu e meu avô torturávamos quando eu era menino.

10

Quando eu era menino, tinha ordens de não trazer outras crianças para casa; quando andava sozinho pela rua, tinha que caminhar em sentido contrário ao trânsito e prestar atenção se algum carro parasse perto de mim. Eu usava uma plaquinha no pescoço com meu nome, minha idade, meu tipo sanguíneo e um telefone de contato: se alguém tentasse me puxar para dentro de um carro, eu tinha que jogar essa plaquinha no chão e gritar meu nome muitas vezes e o mais alto que pudesse. Era proibido chutar as caixas de papelão que eu encontrasse pela rua. Eu não podia contar a ninguém nada do que escutasse em casa. Lá em casa havia um escudo pintado por meu pai, com duas mãos unidas que seguravam algo parecido com um martelo coroado por um barrete frígio, sobre um fundo azul e branco emoldurado por um sol nascente e folhas de louro; eu sabia que era um escudo peronista, mas não podia mencioná-lo a ninguém, e também tinha que esquecer seu significado. Essas regras, que naquele momento voltaram à minha memória pela primeira vez em muito tempo, tinham o objetivo de me proteger, de proteger meus pais, eu e meus irmãos em uma época de terror, e embora parecesse que meus pais já tinham se esquecido delas, eu não tinha – porque, quando me lembrei delas, pensei em algo que eu continuava fazendo até mesmo na Alemanha, quando estava distraído: traçava caminhos imaginários para chegar ao meu destino, sempre andando em sentido contrário ao trânsito.

II

Sobre os caracóis: eu e meu avô pintávamos suas conchas de diferentes cores e, às vezes, escrevíamos mensagens. Uma vez meu avô deixou uma mensagem com seu nome, largou o caracol na terra e o bicho foi embora; muito tempo depois, alguém o trouxe de volta: tinha sido encontrado a vários quilômetros dali, a uma distância relativamente grande para mim, mas talvez impossível para um caracol; essa proeza ficou gravada em mim, e durante um bom tempo me deixou pensando que tudo um dia acabava voltando, que tudo acabava voltando mesmo que você fosse embora com todos os seus pertences e não tivesse razão nenhuma para voltar. Então decidi que jamais voltaria, e cumpri essa promessa infantil feita a mim mesmo durante um longo período de névoas alemãs e de consumo excessivo de remédios, e, embora as circunstâncias tivessem me forçado a voltar, eu não voltei ao país que meus pais queriam que eu amasse, e que se chamava Argentina, e sim a um país imaginário, pelo qual eles tinham lutado e que nunca existiu de fato. Quando compreendi isso, entendi também que não foram os remédios que causaram a incapacidade de me lembrar dos eventos da minha infância, mas foram os próprios fatos que provocaram meu desejo de me entupir de remédios e esquecer tudo; então decidi me lembrar de tudo e fazer isso por mim, por meu pai e por aquilo que nós dois estávamos buscando, e que tinha provocado o nosso reencontro sem que tivéssemos planejado isso.

12

Meus pais pertenceram a uma organização política chamada Guardia de Hierro [Guarda de Ferro]. Ao contrário do que faz supor seu nome infeliz, que é idêntico ao de uma organização romena do entreguerras que não tem nada em comum com sua homóloga argentina a não ser o nome [1], a organização dos meus pais era peronista, embora a filosofia de seus integrantes – e em particular a dos meus pais [2] – pareça ter sido o materialismo histórico [3] [4]; já que a maioria dos membros não vinha de lares peronistas, seus esforços se concentraram em descobrir o que significava ser um peronista, e eles recorreram aos bairros onde a epopeia peronista da distribuição de renda e os tempos de prosperidade e paternalismo ainda estavam vívidos na memória de seus habitantes, como também ainda estava presente a Resistência [5], que em sua última etapa contou com a colaboração da organização dos meus pais. Esse aspecto distingue a organização dos meus pais dos Montoneros, a organização com que em certo momento ela quase se fundiu [6]: A Guardia de Hierro não se achava a dona da verdade sobre o processo revolucionário, mas, ao contrário, foi procurar essa verdade na experiência de resistência das classes baixas [7]; não tentou impor práticas, e sim aprendê-las. A outra diferença substancial foi a rejeição da luta armada; depois de um período de debate [8], a organização decidiu não recorrer às armas exceto com fins defensivos, e suponho que foi isso o que salvou a vida dos meus pais, de boa parte de seus companheiros e, de forma indireta, a minha também [9]. A partir daquele momento, as principais ferramentas de construção de poder da organização foram a palavra e o debate, cujo potencial de transformação é, como sabemos, ínfimo; mas algo curioso aconteceu: durante um longo período foram a organização mais poderosa do peronismo e a única com alcance real fora da classe média, cujo desejo de transformação acabou demonstrando-se inexistente. Sua proposta era a de criar uma "retaguarda ambiental" [10], um Estado enraizado de fato na sociedade, com o objetivo de substituir o Estado militarizado e sem legitimidade política que tinha sido instalado em 1955, e construir poder a partir das bases, lidando com seus problemas reais e evitando as armas, exceto como instrumento marginal de construção de uma alternativa e como elemento de agitação [11]. No entanto, ser um peronista absolutamente leal a Perón acabou se transformando em uma armadilha, já que, por um lado, a adesão incondicional ao líder do movimento levou a organização dos meus pais a aceitar um governo impotente constituído por uma mulher ignorante e um assassino sádico apelidado de El Brujo [O Feiticeiro], devido ao seu grotesco entusiasmo pelas artes ocultas, e, por outro lado, levou-os a um beco sem saída depois da morte de Perón [12]. Para onde vai um exército depois que seu general morre? Para lugar nenhum, obviamente. Embora Perón tenha afirmado que seu "único herdeiro" era o povo, que por sua vez era permeado pela Guardia de Hierro, que nadava nele como o peixe na água, mas ao mesmo tempo lhe dava uma direção e demarcava suas margens – como se a água não tivesse sentido sem o peixe e o peixe sem a água, e um desaparecesse sem o outro –, a Guardia de Hierro se dissolveu após a morte de Perón [13], incapaz de administrar uma herança que teria que defender com armas e com sangue nos meses seguintes. Isso também salvou a vida dos meus pais e a minha [14]. Seus companheiros que decidiram se juntar a outras organizações para continuar a militância foram assassinados e desaparecidos, e outros foram embora do país, mas o resto também viveu um doloroso processo de adaptação e uma espécie de exílio interior, em que tiveram que assistir ao fracasso de uma experiência revolucionária à qual a ditadura daria um fim definitivo. Quem continuou depois desse fim – ou recebeu ordens para continuar – foi assassinado; meus pais prosseguiram à sua maneira: meu pai continuou sendo jornalista e minha mãe também, e tiveram filhos a quem deixaram um legado que é também um mandato, e esse legado e esse mandato – da transformação social e da força de vontade – eram incompatíveis com a época em que crescemos, uma época de soberba, frivolidade e derrota.

13

Nasci em dezembro de 1975, o que significa que fui concebido em março desse ano, pouco menos de um ano depois da morte de Perón e apenas alguns meses depois da dissolução da organização da qual meus pais faziam parte. Gosto de perguntar às pessoas que eu conheço em que ano elas nasceram; se são argentinos e nasceram em dezembro de 1975, sinto que temos algo em comum, já que todos nós que nascemos nessa época somos o prêmio de consolação que nossos pais deram a si mesmos depois de não terem conseguido fazer a revolução. Seu fracasso nos deu a vida, mas nós também lhes demos algo: naqueles anos, um filho era uma boa camuflagem, um sinal inequívoco de adesão a uma forma de vida convencional e distante das atividades revolucionárias; uma criança podia ser, em uma batida policial ou em uma busca domiciliar, a diferença entre a vida e a morte.

14

Um minuto. Um minuto era uma mentira, uma certa fábula que meu pai e seus companheiros inventavam o tempo todo caso fossem detidos; se o minuto fosse bom, se fosse convincente, talvez eles não fossem assassinados imediatamente. Um minuto bom, uma boa história, era simples e breve e incluía detalhes supérfluos, porque a vida é cheia deles. Quem contasse sua história do princípio ao fim estava condenado, porque essa característica específica, a capacidade de contar uma história sem titubear, que tão raramente se encontra nas pessoas, era, para os perseguidores, uma prova muito mais forte de que a história era falsa do que se a história fosse sobre extraterrestres ou fantasmas. Naqueles anos, um filho era esse minuto.

15

É claro que um minuto também não podia ser contado de forma contínua e linear, e suponho que meu pai tinha isso em mente quando me disse que gostaria de escrever um romance, mas que ele não poderia jamais ser narrado dessa forma. É claro, também, que eu não estaria sendo coerente com o que meus pais fizeram e pensaram se eu contasse a história desse modo; a pergunta sobre como narrar a história deles equivalia à pergunta de como se lembrar dela e como se lembrar deles, e trazia outras perguntas: como narrar o que aconteceu, se eles mesmos não conseguiram fazer isso; como contar uma experiência coletiva de forma individual; como explicar o que aconteceu com eles sem que pareça uma tentativa de transformá-los em protagonistas de uma história que é coletiva; e que lugar ocupar nessa história.

16

Na casa dos meus pais encontrei alguns livros sobre sua organização, sobre a qual muito pouco se escreveu. Nos dias seguintes li-os no hospital, enquanto esperava que alguém chegasse com notícias, boas ou ruins, e essas notícias pusessem fim ao período de incerteza, todo um tempo fora do tempo, que tinha começado seu périplo imóvel quando meu pai adoeceu. Nesses livros encontrei a informação que eu só conhecia vagamente, através do relato dos meus pais e da minha própria percepção do medo. Aqui estão as notas que complementam o que escrevi acima. [1] A Guarda de Ferro romena foi uma organização de índole religiosa localizada na extrema-direita do espectro político do entreguerras e profundamente antissemita; seu fundador foi Corneliu Zelea Codreanu (13/09/1899-30/11/1938). [2] Na realidade, meus pais vinham da Frente Estudantil Nacional (FEN), essa sim uma organização marxista, que acabou convergindo com o peronismo ortodoxo da Guardia de Hierro em uma aliança denominada Organización Única para el Trasvasamiento Generacional (OUTG), criada no começo de 1972. [3] Na realidade, sua cúpula continuou sendo uma minoria paranoica de estilo leninista. [4] Nesse sentido, seus adversários eram os humanistas e católicos, que costumam ser os adversários corretos em todas as épocas e circunstâncias. [5] A Resistência foi um movimento desarticulado e plural que surgiu espontaneamente como resposta à queda de Juan Domingo Perón em junho de 1955 e seu exílio, e à proibição de seu partido político e da utilização do nome de Perón e de sua imagem, assim como da iconografia peronista em geral. Os métodos da Resistência foram basicamente a sabotagem industrial, as greves e as mobilizações espontâneas; o período mais intenso de luta foi entre os anos 1955 e 1959, quando o movimento esteve sob a influência de John William Cooke. [6] A aliança entre a Guardia de Hierro e os Montoneros foi debatida ao longo de 1971 e tinha como objetivo prático dar à primeira organização poder de fogo, e à segunda maior presença no território e mais membros; em seu apogeu, a Guardia de Hierro contava com três mil "quadros" de liderança e quinze mil militantes e ativistas; creio que meu pai pertencia ao primeiro grupo e minha mãe ao segundo. [7] Nesse sentido, os antigos membros da organização se lembram das atividades de agitação e propaganda em bairros periféricos como uma de suas principais tarefas, além de uma verdadeira escola para eles. [8] Ao que parece, seus primeiros membros fantasiaram com a possibilidade de receber formação militar na Argélia ou em Cuba, mas foram dissuadidos pelo próprio Juan Domingo Perón. [9] Mais uma diferença em relação à organização mencionada acima: os líderes da Guardia de Hierro não abandonaram seus seguidores nem os forçaram a morrer em nome de uma ideia na qual eles já não acreditavam, como os Montoneros fizeram depois de ordenar que seus militantes passassem à clandestinidade, o que os deixou desprotegidos e tornou-os alvos fáceis para seus assassinos. [10] Em algumas ocasiões, isso também era chamado de "reserva estratégica de peronismo". [11] Mais especificamente, seu projeto político consistia em incorporar-se aos setores peronistas – o que talvez seja o mesmo que dizer, como preferiríam meus pais, "ao povo" – quando sua consciência política e revolucionária – que, de acordo com a organização, já existia e, portanto, não precisava ser ensinada a eles – tivesse se fortalecido o suficiente. [12] Podemos dizer que os dirigentes da Guardia de Hierro tinham chegado a esse beco sem saída muito antes, quando a reflexão sobre os fatos adquiriu maior importância dentro da organização do que os próprios fatos. Nesse sentido, sua posição na chegada abortada de Perón ao aeroporto internacional de Ezeiza, em 20 de junho de 1973, foi um presságio do que aconteceria mais tarde com toda a organização: ficou presa entre a direita peronista associada ao sindicalismo e a esquerda representada pelos Montoneros, e teve que se retirar. [13] A Guardia de Hierro se dissolveu entre julho de 1974 e março de 1976; durante esse período, seus dirigentes procuraram preservar a ordem institucional, mas foram pragmáticos, talvez pela última vez em sua história, e trabalharam com a hipótese de um golpe de Estado iminente, estabelecendo acordos com as forças que participariam nesse golpe para preservar seus membros. Alguns se lembram de que na reunião em que foi comunicada a dissolução da organização os líderes pediram que todos entregassem seus nomes e seus dados de contato; alguns afirmam inclusive que essas listas passaram às mãos da Marinha e que isso salvou a vida de todos. [14] De fato, a dissolução da organização representou também um evento extraordinário na vida política, da Argentina e de qualquer outro país; é difícil conceber uma organização que, como esta, tenha se dedicado a acumular poder durante pouco mais de uma década – de 1961 a 1973 –, mas tenha renunciado ao uso desse poder após a morte de seu líder.

18

Minha memória, que tinha sido interrompida durante longos anos, começou a funcionar de novo quando me lembrei desses fatos, mas isso não acontecia de forma linear: a memória regurgitava imagens e lembranças que expulsavam com violência o que eu estivesse vendo ou fazendo no momento em que elas vinham e me impediam de viver inteiramente no presente, que por outro lado era incômodo e triste, mas ao mesmo tempo elas não conseguiam me levar totalmente de volta ao passado. É claro que havia uma dose indecifrável de interpretação e talvez de invenção em tudo que eu recordava, mas alguém me disse uma vez que não importa se a causa é imaginária, porque suas consequências são sempre reais. As consequências de tudo que vivi eram o medo e uma série de lembranças que fui juntando ao longo dos anos e que permaneceram em minha memória apesar de todas as minhas tentativas de eliminá--las. Isso era uma revelação para mim, e era uma revelação que acontecia no corredor de um hospital de uma cidade e de um país aonde eu nunca quis voltar, enquanto eu segurava a mão do meu pai de um jeito que nunca quis segurar, em um quarto de hospital, em um lugar onde eu começava a descobrir quem tinha sido meu pai quando já era tarde para todos nós, mas sobretudo para ele e para mim.

19

Entre as minhas lembranças, estavam os relatos dos companheiros do meu pai sobre a efervescência da cidade de *osario naquela época e a convivência entre estudantes e operários durante as manifestações. As fitas com discursos de Juan Domingo Perón que ele gravava em seu exílio em Madri e chegavam periodicamente por vias mais ou menos misteriosas às mãos dos membros da organização, que as difundiam nos bairros; não estou falando do conteúdo das fitas – que, se bem me lembro, os companheiros do meu pai já tinham esquecido – e sim do seu aspecto material, das fitas em seus carretéis e os aparelhos usados para reproduzi-las, e também a lembrança de um desses aparelhos, que utilizei durante minha infância e era preto e branco e com frequência parava de funcionar. Um monumento em forma de aranha invertida, que meus pais e seus companheiros chamavam de "a Tangerina" e ficava em um bairro de trabalhadores e marginais, perto de um riacho imundo do qual saíam peixes prodigiosos. As histórias sobre a participação na organização, sobre a vida privada de seus membros e sobre uma de suas companheiras, que tinha sido julgada e expulsa da organização por ter se envolvido com um membro de uma organização rival. As deserções de alguns de seus membros, contadas com indignação (mas também com algo parecido com perplexidade e compaixão) por seus antigos companheiros. Uma cifra – cento e cinquenta membros da organização assassinados durante a repressão ilegal – contabilizada pelos grupos de direitos humanos. Minha mãe me explicando um dia como montar uma barricada, como desengatar os cabos de um ônibus elétrico, como confeccionar um coquetel molotov. A lembrança, imaginária ou real, do meu pai me contando que tinha uma credencial de imprensa para o palanque em que Perón falaria quando chegasse em Ezeiza (essa é a parte real da lembrança) e que, quando o tiroteio começou, ele se escondeu atrás do estojo de um contrabaixo no fosso da orquestra (essa talvez seja a parte imaginária da lembrança). E também as histórias da minha mãe sobre sua marcha para encontrar Perón em seu primeiro retorno em 1972, e ela atravessando o rio Matanza com a água densa e podre pela cintura e calças brancas que depois teve que jogar no lixo, e suas histórias e as histórias de suas amigas sobre a morte de Perón em 1º de julho de 1974, e as filas para se despedir do grande homem debaixo de uma chuva insistente e fria que dissimulava as lágrimas, e as longas filas e as pessoas que vinham trazer comida ou uma xícara de café aos jovens que esperavam sua vez ao relento, mais ao relento do que jamais haviam estado; depois a volta no trem, em um trem com as janelas quebradas por onde se infiltravam o frio, a chuva e todas as mortes que aconteceriam nos meses e nos anos seguintes; e a tristeza, o choro e a sensação de que tudo havia acabado. Também me lembrei da morte de um dos companheiros dos meus pais, que eles me contaram uma vez; isso aconteceu em janeiro de 1976 e fez com que minha mãe se escondesse na casa dos meus avós paternos. Quando meu pai a levou até lá, disse a ela: Se dentro de uma semana não tiverem notícias minhas, não me procurem, e minha mãe ficou lá, naquela cidade, com meus avós paternos, vagando através dos dias dessa semana com os olhos fechados. E a impotência diante de tudo o que acontecia, e o medo, que quando eu era menino eu achava que meus pais não conheciam e, no entanto, conheciam muito melhor do que eu pensava; viviam com ele, lutavam contra ele e nos sustentavam nele assim como sustentamos uma criança recém-nascida em um quarto de hospital para que a criança se torne uma só com o ar que a envolve e continuará envolvendo, e assim ela possa viver; e a ausência de uma organização – que naqueles anos era o mesmo que dizer a ausência de apoio, de orientação, dos laços afetivos e dos amigos, que não podiam mais se ver sob risco de que esses encontros fossem interpretados como um retorno à luta – e a solidão e o frio. Além disso, a prática de rituais privados que acabariam deixando marcas em todos nós e especialmente em quem era criança naquela época: a proibição das festas, as precauções ao usar o telefone, as informações fragmentadas, meu pai caminhando até o carro cada manhã, meus irmãos caminhando de mãos dadas e desviando de objetos nas calçadas, eu caminhando em direção oposta ao trânsito e baixando a cabeça sempre que passava um carro de polícia, dividindo o silêncio com meus pais e irmãos, um pouco perplexo cada vez que – mas isso aconteceu muitos anos depois – meus pais voltavam a se encontrar com seus companheiros e lembranças dolorosas e alegres se revezavam em suas vozes, junto com os apelidos ou nomes de guerra que eles usavam e que meus pais ainda usam, tudo isso se confundia e se fundia em algo que era tão difícil de explicar para mim e que talvez seja inconcebível para seus filhos, e que era um afeto, uma solidariedade e uma lealdade entre eles que estavam muito acima das diferenças que pudessem ter no presente, e que eu atribuía a um sentimento que eu também poderia ter tido por outras pessoas se tivéssemos vivido juntos algo fundamental e único, se – é claro que isso soava pueril ou talvez metafórico, mas não era de modo nenhum – eu estivesse disposto a dar a vida por essas pessoas, e essas pessoas estivessem dispostas a dá-la por mim.

20

Também havia uma frase, que se destacava sobre um perfil característico – um perfil que todo argentino conhece, porque é o de Juan Domingo Perón –, e esse perfil, amado ou odiado, poderia substituir os mapas do país que éramos obrigados a desenhar no colégio, já que é um dos símbolos mais característicos da Argentina; a frase, como eu dizia, era do próprio Perón, e sua presença na sala de estar dos meus pais a transformava em uma espécie de mandamento e nos obrigava a memorizá-la. Ainda não a esqueci: "Como homem do destino, acredito que ninguém pode escapar dele. No entanto, acredito que podemos ajudá-lo, fortalecê-lo e torná-lo favorável até que ele se torne sinônimo de vitória".

21

O que eu podia fazer com esse mandamento? O que fariam com ele meus irmãos e todos aqueles que eu conheceria mais tarde, os filhos dos militantes da organização dos meus pais e de membros de outras organizações, todos perdidos em um mundo de privação e de frivolidade, todos membros de um exército derrotado faz tempo, cujas batalhas nem sequer conseguimos lembrar, e que nossos pais nem sequer se atreveram ainda a encarar? O historiador grego Xenofonte narrou a história de um exército assim, cerca de dez mil soldados gregos que tinham fracassado em sua tentativa de instalar Ciro, o Jovem, no trono da Pérsia e por essa razão tiveram que atravessar quase quatro mil quilômetros de território inimigo até encontrar refúgio na colônia grega de Trebizonda, sendo açoitados incessantemente em uma das marchas mais terríveis de que se tem notícia. A marcha narrada por Xenofonte durou apenas um ano; para compreender as dimensões reais do que aconteceu conosco seria preciso imaginar que ela tivesse durado várias décadas, e pensar nos filhos daqueles soldados, criados no meio das tralhas de um exército derrotado que atravessa desertos e picos nevados em território hostil, carregando o peso inevitável da derrota, sem ter nem mesmo o conforto de poder se lembrar de um tempo em que a derrota não era iminente e tudo ainda estava por ser feito. Ao chegar a Trebizonda, os dez mil soldados de Xenofonte tinham sido reduzidos à metade, cinco mil homens.

22

Eu me perguntei o que a minha geração poderia oferecer que estivesse à altura do desespero exuberante e da ânsia por justiça da geração anterior, a dos nossos pais. Não era terrível o imperativo ético que essa geração impôs sobre nós sem querer? Como matar o pai se ele já está morto e, em muitos casos, morreu defendendo uma ideia que nos parece correta, mesmo que sua execução tenha sido relapsa, desastrada ou errônea? Como estar à sua altura a não ser fazendo como eles, lutando uma guerra insensata e perdida de antemão e marchando para o sacrifício com o canto sacrificial da juventude desesperada, altiva e impotente e estúpida, marchando para o precipício da guerra civil contra as forças do aparelho repressivo de um país que, em essência, é e sempre foi profundamente conservador? Alguma coisa aconteceu com meus pais, comigo e com meus irmãos que fez com que eu jamais soubesse o que era uma casa e o que era uma família, mesmo quando tudo levava a crer que tive ambas as coisas. Uma vez, eu e meus pais tivemos um acidente do qual até então eu não conseguia ou não queria me lembrar de nada: alguma coisa atravessou nosso caminho, nosso carro perdeu a direção e saiu da estrada, e nós agora vagávamos pelos campos com a mente vazia, e a única coisa que nos unia era essa experiência comum. Atrás de nós havia um carro capotado na vala de uma estrada de terra e manchas de sangue nos bancos, na grama e em nossas roupas, mas nenhum de nós queria se virar e olhar para trás, mas isso era o que tínhamos que fazer e o que eu tentava fazer naquele momento, enquanto segurava a mão do meu pai em um hospital de província.

24

Uma conversa com minha irmã à noite, no hospital. Perguntei a ela sobre os nomes que tinha encontrado em uma lista entre os papéis do meu pai, os nomes de pessoas que participaram na primeira publicação criada por ele, e o que Alicia Burdisso estava fazendo ali. São nomes de pessoas da cidade, respondeu minha irmã; muitas tiveram participação política, e Alicia era uma delas. Então eu disse: É por isso que ele foi atrás dela, depois de tanto tempo; porque foi ele quem a iniciou na política, e ele continuava vivo, mas ela estava morta. Minha irmã colocou uma mão no meu ombro e depois foi até o final do corredor, onde não consegui mais vê-la.

27

Em um dos livros dos meus pais, encontrei alguns trechos sobre o último lugar em que Alicia Burdisso foi vista com vida. Meu pai tinha sublinhado, a lápis e com mão trêmula: "O quartel-general da Polícia, o comando de Radiopatrulha, o quartel dos Bombeiros e a Escola de Educação Física, todos eles localizados na capital da Província [de Tucumán]. A Companhia de Arsenais Miguel de Azcuénaga, o reformatório e o motel nas proximidades da mesma. Nueva Baviera, Lules e Fronterita em diversas localidades do interior. [...] Arame farpado duplo, guardas com cachorros, heliportos, torres de vigilância et cetera. [...] Os prisioneiros que passaram por esses locais em sua maioria ficaram curtos períodos, para depois serem trasladados. Há fortes indícios de que, em muitos casos, o traslado culminava com o assassinato dos prisioneiros. 'Os prisioneiros eram trazidos para a "Escolinha" em carros particulares, no porta-malas, no banco de trás ou deitados no chão. Eram levados de lá da mesma forma e, pelo pouco que se sabia, quando isso acontecia, a maioria era executada. Se algum prisioneiro morria, esperava-se a chegada da noite, depois o envolviam em um cobertor do Exército e levavam embora em um dos carros particulares, que partia com rumo desconhecido' (do depoimento do policial Antonio Cruz, dossiê 4.636). 'Eles passavam uma fita vermelha no pescoço dos condenados à morte. Todas as noites um caminhão recolhia os condenados para levá-los ao campo de extermínio' (do depoimento de Fermín Nuñez, dossiê 3.185). [...] Em pleno centro da cidade de San Miguel, o quartel-general da Polícia, que já funcionava como local de torturas, se transformou [...] em um centro clandestino de detenção. Nessa época, o chefe de polícia em Tucumán era o tenente-coronel Mario Albino Zimermann [...]. Seus subordinados diretos eram o comissário-inspetor Roberto Heriberto Albornoz [...], os comissários José Bulacio [...] e David Ferro [...]. O Exército controlava o local através de um supervisor militar. O responsável pela área de segurança 321, tenente-coronel Antonio Arrechea, pertencente à V Brigada, visitava o centro e assistia às sessões de tortura [...]. A vizinhança ouvia os lamentos e gritos das vítimas e, com frequência, rajadas de tiros que eram fuzilamentos simulados ou, simplesmente, fuzilamentos de verdade".

28

Em um desses centros, no quartel-general da Polícia, Alicia Burdisso foi vista pela última vez, e meu pai tinha sublinhado o nome dela com tinta vermelha, deixando uma marca parecida com uma cicatriz ou uma ferida.

30

Quando li isso, compreendi que meu sonho tinha sido uma advertência ou um lembrete para meu pai e para mim, e que nele a transformação da palavra *verschwunden* ("desaparecido") em *Wunden* ("feridas") correspondia ao que tinha acontecido com meu pai, e que a transformação da palavra *verschweigen* ("calar") em *verschreiben* ("receitar") tinha a ver com o que havia acontecido comigo, e cheguei à conclusão de que era o momento de pôr um ponto-final em tudo aquilo. Enquanto os comprimidos se dissolviam lentamente na água da privada e começavam a transportar sua mensagem de alegria infundada aos peixes que iriam recebê-la com suas boquinhas abertas no final da rede de esgotos que desaguava no rio, fiquei pensando que tinha que falar com meu pai, se é que isso seria possível algum dia, e encontrar resposta para todas as minhas perguntas, se algum dia conseguíssemos nos falar de novo, e que essa tarefa, a de descobrir quem tinha sido meu pai, seria uma tarefa que me ocuparia durante um longo tempo, talvez até eu mesmo me tornar pai algum dia, e que nenhum remédio poderia fazer isso por mim. Também compreendi que tinha que escrever sobre ele e que escrever sobre ele significaria não só descobrir quem ele tinha sido, mas também, e sobretudo, descobrir como escrever sobre o próprio pai, como ser um detetive do próprio pai e reunir toda a informação disponível mas não julgá-lo, e dar essa informação a um juiz imparcial que eu não conhecia e talvez não conhecesse nunca; pensei na parábola tristemente exemplar sobre o destino dos desaparecidos, dos seus familiares e das tentativas de reparação de algo que não pode ser reparado, o que trazia mais uma simetria a essa história além da simetria do irmão e da irmã desaparecidos: eu e meu pai estávamos procurando uma pessoa – eu procurava meu pai e ele procurava Alberto Burdisso, mas também, e sobretudo, Alicia Burdisso, que foi sua amiga durante a adolescência e que, assim como ele, militou durante aquela época e foi jornalista, e morreu. Meu pai começou a procurar sua amiga perdida e eu, sem querer, também comecei pouco depois a procurar meu pai, e esse era um destino de todos os argentinos. E me perguntei se tudo aquilo não era também uma tarefa política, uma das poucas que podia ter relevância para minha própria geração, que acreditou no projeto liberal que jogou na miséria boa parte dos argentinos durante a década de 1990 e fez com que falassem uma linguagem incompreensível que precisava de legendas; uma geração, como eu estava dizendo, que tinha saído escaldada, mas não podíamos nos esquecer de alguns dos seus membros. Alguém disse alguma vez que minha geração seria a retaguarda dos jovens que na década de 1970 lutaram e perderam uma guerra, e eu fiquei pensando também nesse mandato e em como cumpri-lo, e cheguei à conclusão que um bom caminho seria escrever um dia sobre tudo o que tinha acontecido comigo e com meus pais, e esperar que outras pessoas se sentissem provocadas e começassem suas próprias investigações sobre uma época que para alguns de nós parecia não ter acabado.

31

Um dia me ligaram da universidade alemã em que eu trabalhava. Uma voz feminina, que na minha imaginação saía de um pescoço reto que começava em um queixo minúsculo e terminava no colarinho entreaberto de uma camisa, em um escritório cheio de plantas que cheirava a café e papel velho, já que todos os escritórios alemães são assim, me disse que eu tinha que voltar ao trabalho ou eles seriam obrigados a rescindir meu contrato. Pedi alguns dias para pensar, e escutei o eco da minha voz através do telefone falando em uma língua estrangeira. Então a mulher concordou e desligou, e eu pensei que tinha dois dias para decidir o que faria, mas também percebi que não precisava pensar muito: eu estava lá, tinha uma história para escrever e era uma história que daria um bom livro, porque tinha um mistério e um herói, um perseguidor e um perseguido, e eu já tinha escrito histórias assim e sabia que podia fazer isso de novo; no entanto, também sabia que essa história precisava ser contada de outra forma, com fragmentos, com murmúrios, com gargalhadas e choro, e que eu só conseguiria escrevê-la quando ela já formasse parte de uma memória que eu tinha decidido recuperar, para mim, para eles e para os que viriam depois de nós. Enquanto pensava tudo isso em pé ao lado do telefone, vi que tinha começado a chover de novo e decidi que iria escrever essa história, porque o que meus pais e seus companheiros fizeram não merecia ser esquecido e porque eu mesmo era o produto do que eles fizeram, e porque o que eles fizeram era digno de ser contado, já que o seu espírito – não as decisões corretas ou erradas que meus pais e seus companheiros tomaram, e sim seu próprio espírito – continuaria a subir na chuva até tomar o céu de assalto.

32

Alguém disse alguma vez que existe um minuto que escapa do relógio para não ter que acontecer, e esse minuto é o minuto em que alguém morre; nenhum minuto quer ser esse momento, e ele foge e deixa o relógio gesticulando com seus ponteiros e com cara de imbecil.

33

Talvez tenha sido isso, talvez tenha sido a relutância de um minuto em ser o minuto em que alguém deixa de respirar, mas o fato é que meu pai não morreu: afinal, alguma coisa fez com que ele se agarrasse à vida e abrisse os olhos e eu estava lá quando ele fez isso. Acho que ele quis dizer algo, mas eu lhe alertei: Você está com um tubo na garganta, não pode falar, e ele me olhou, depois fechou os olhos e parecia que, finalmente, ele descansava.

35

Na última vez em que estive no hospital, meu pai continuava sem poder falar, mas estava consciente, seu pulso tinha estabilizado e parecia que logo poderia voltar a respirar sem ajuda mecânica. Minha mãe nos deixou a sós e eu fiquei pensando que precisava dizer algo a ele, que devia lhe contar o que eu tinha descoberto sobre sua busca pelos irmãos desaparecidos e as lembranças que isso havia provocado em mim, e como eu tinha decidido recuperar minha memória aqui e agora, e estava disposto a recuperar uma história que pertencia a ele, a seus companheiros e a mim também, mas não sabia como lhe dizer tudo isso. Então me lembrei que levara um livro e comecei a ler para ele; era um livro de poemas de Dylan Thomas, e fiquei lendo até que a luz que entrava pela janela do quarto do hospital se apagou completamente. Quando isso aconteceu, achei que podia chorar na escuridão sem que meu pai me visse, e chorei por um longo tempo. Não sei se meu pai fez o mesmo. Na escuridão, eu só reconhecia seu corpo imóvel na cama e sua mão, que eu segurava com força. Quando recuperei a fala, disse a ele: Segura firme, você e eu precisamos conversar, mas agora você não pode e eu também não posso; mas talvez a gente consiga algum dia, desse jeito ou de outro, e você precisa aguentar até esse dia chegar. Então soltei sua mão, saí do quarto e continuei chorando no corredor por algum tempo.

36

Naquela noite, antes de pegar o avião, fiquei olhando com minha mãe as fotografias que meu pai tirou com sua câmera Polaroid quando eu era menino. Eu aparecia nelas todo desbotado; em breve meu passado se apagaria completamente e meu pai, minha mãe, eu e meus irmãos estaríamos unidos também nisso, no desaparecimento absoluto.

37

Enquanto olhávamos essas fotografias que tinham literalmente começado a se apagar entre nossos dedos, perguntei a minha mãe por que meu pai tinha procurado Alicia Burdisso e o que ele queria realmente encontrar. Minha mãe disse que ela e meu pai gostariam que seus companheiros e aqueles com quem lutaram – tanto os que eles conheceram quanto os que nunca chegaram a conhecer, aqueles que devido às regras mais elementares de segurança só eram conhecidos por nomes de guerra tão absurdos como os que meu pai e minha mãe usavam – não tivessem morrido do jeito que morreram. Seu pai não lamenta ter lutado essa guerra; só lamenta ter perdido, disse minha mãe. Seu pai gostaria que as balas que mataram nossos companheiros tivessem percorrido um longo trajeto e não apenas uns poucos metros, e que esse trajeto pudesse ser contado em milhares de quilômetros e em anos de percurso para que todos nós tivéssemos tempo de fazer o que precisávamos fazer; seu pai gostaria que seus companheiros tivessem aproveitado esse tempo para viver, escrever, viajar e ter filhos que não entenderiam os pais, e que só depois disso tudo eles tivessem morrido. Seu pai não se importaria que seus companheiros tivessem vivido para trair a revolução e todos os seus ideais, que é o que todos nós fazemos quando vivemos, porque na prática viver é como ter um projeto e esforçar-se para que ele nunca dê certo, mas seus companheiros, nossos companheiros, não tiveram tempo para isso. Seu pai gostaria que as balas que mataram nossos companheiros tivessem dado a eles tempo para viver e ter filhos que quisessem entender e fossem atrás deles para tentar compreender quem foram seus pais, o que eles fizeram, o que fizeram com eles e por que eles continuavam vivos. Seu pai gostaria que nossos companheiros tivessem morrido assim e não torturados, violentados, destruídos, jogados de um avião, afundando no mar, baleados na nuca, nas costas, na cabeça, com os olhos abertos olhando para o futuro. Seu pai gostaria de não ser um dos poucos que sobreviveram, porque um sobrevivente é a pessoa mais solitária do mundo. Seu pai não se importaria de morrer se em troca houvesse uma chance de que alguém se lembrasse dele e depois decidisse contar sua história e a dos companheiros que marcharam com ele até a porra do fim dos tempos. Talvez ele tenha pensado, como costumava fazer às vezes: "Que pelo menos fique algo escrito", e que o que for escrito seja um mistério que sirva para que meu filho procure seu pai e o encontre, e que junto com ele encontre também aqueles que compartilharam com seu pai uma ideia que só podia terminar mal. Que, procurando seu pai, saiba o que aconteceu com ele e com as pessoas que ele amava, e entenda por que tudo isso fez com que ele seja quem ele é. Que meu filho saiba que apesar de todos os mal-entendidos e derrotas há uma luta que não vai terminar nunca, e essa luta é pela verdade, pela justiça e por luz para os que estão na escuridão. Foi isso que minha mãe disse antes de fechar o álbum de fotografias.

40

Às vezes ainda sonho com meu pai e com meus irmãos: o caminhão de bombeiros passa correndo rumo ao inferno, e eu penso nesses sonhos e depois os anoto e guardo num caderno e lá eles ficam, como fotografias de aniversário da época em que eu tinha sete anos e ria com um sorriso em que faltavam dois ou três dentes e essa ausência era a promessa de um futuro melhor para todos. Às vezes penso também que talvez eu nunca consiga contar a história do meu pai, mas mesmo assim tenho que tentar, e também penso que, embora a história tal como a conheço seja incorreta ou falsa, seu direito à existência é garantido pelo fato de que meus pais e alguns dos seus companheiros continuam com vida; se isso for verdade, se eu não souber contar a história deles, mesmo assim preciso fazer isso, para que eles se sintam provocados a me corrigir com suas próprias palavras, para que eles digam as palavras que nós, seus filhos, nunca escutamos, mas que precisamos desvendar para que seu legado não fique incompleto.

41

Uma vez eu e meu pai entramos numa mata e meu pai começou a me explicar como eu podia me orientar observando a localização do musgo no tronco das árvores e a posição de certas estrelas; levamos cordas e ele tentou me ensinar a amarrá-las nos troncos e usá-las para subir ou descer uma ribanceira; também me explicou como me camuflar, como encontrar rapidamente um esconderijo e como andar na mata sem ser percebido. Naquela época não dei muita atenção a essas lições, mas elas me voltaram à mente quando fechei a pasta do meu pai. Foi então que entendi que, naquela ocasião, naquela absurda brincadeira de guerrilheiros em que me vi envolvido sem querer, o que meu pai queria me ensinar era como sobreviver – e fiquei pensando se essa não foi, na verdade, a única coisa que ele tentou me ensinar ao longo dos anos. Meu pai reconheceu em mim o menino franzino e possivelmente indefeso que talvez ele mesmo tenha sido em sua infância, e tentou me endurecer exibindo diante dos meus olhos o aspecto mais brutal da natureza, que é essencialmente trágica; assim, durante nossas visitas ao campo, tive que assistir à matança de vacas, galinhas e cavalos, cujas mortes eram parte da vida rural, mas deixariam em mim uma marca permanente de medo. A revelação da natureza brutal do mundo e da curtíssima distância que separava a vida e a morte das coisas não fez de mim uma criança mais forte, mas instalou em mim um terror indefinível que me acompanha desde então. No entanto, me colocar frente a frente com o terror talvez fosse a maneira que meu pai escolheu de me livrar dele, talvez essa confrontação tivesse o objetivo de me deixar indiferente ao terror, ou então me tornar consciente dele o suficiente para que eu aprendesse a cuidar de mim mesmo. Às vezes também penso em meu pai ao lado do poço onde Alberto José Burdisso foi encontrado e imagino que estou ao seu lado. Eu e meu pai, nas ruínas de uma casa a uns trezentos metros de uma estrada de terra pouco transitada, poucas paredes de pé, pilhas de tijolos e escombros no meio de cinamomos, ligustros e ervas daninhas, e nós dois ali contemplando a boca negra do poço em que jazem todos os mortos da História argentina, todos os desamparados e miseráveis e os que morreram porque tentaram opor uma violência talvez justa a uma violência profundamente injusta, e todos aqueles que o Estado argentino matou, o Estado que governa esse país onde só os mortos enterram os mortos. Às vezes lembro de mim e do meu pai perambulando por uma floresta de árvores pequenas e penso que essa é a floresta do medo, e que nós dois continuamos nela e ele continua a me guiar, e que talvez a gente consiga sair dessa floresta algum dia.

Epílogo

No período decorrido desde os fatos narrados neste livro até o presente, surgiram várias informações novas sobre os destinos de Alicia Raquel Burdisso e de seu irmão Alberto José Burdisso. *La Capital* de *osario publicou em sua edição de 19 de junho de 2010 a notícia de que o Sexto Juizado de Sentença da Província de Santa Fé condenou Gisela Córdoba e Marcos Brochero a vinte anos de prisão por homicídio agravado por premeditação e dissimulação, e Juan Huck a sete anos de prisão por homicídio simples. Segundo Marcelo Castaños e Luis Emilio Blanco, autores do artigo, a Justiça determinou que os fatos ocorreram do seguinte modo:

Pouco depois do amanhecer, no domingo, 1º de junho, Gisela Córdoba, então com 27 anos, foi para o campo junto com Brochero, de 32 (seu marido), Burdisso e Huck, de 61 anos. Eles se deslocaram em um Peugeot 504 azul até chegar a uma casa em ruínas localizada a cerca de oito quilômetros do centro urbano. A desculpa era juntar lenha para um churrasco, algo que faziam com certa frequência.

[...] A Justiça averiguou mais tarde que naquela manhã, quando passava ao lado do poço, Burdisso foi empurrado, caiu doze metros e bateu contra o fundo, quebrou cinco costelas, deslocou um ombro e quebrou o outro. Segundo a autópsia, a vítima permaneceu no local com essas lesões durante três dias até que Brochero voltou e, constatando que Burdisso continuava vivo, demoliu a borda do poço e jogou dentro os escombros, junto com terra, entulho da construção, chapas de metal e galhos.

"Ele foi enterrado vivo. Foi macabro, porque os exames mostram que ele tinha terra na boca e vias aéreas, ou seja, tentou respirar sob o material jogado em cima dele", comentou nos últimos dias uma fonte judicial. A autópsia indicou "morte por asfixia devido a confinamento".

[...] O casal que acaba de ser condenado vinha se aproveitando do trebolense havia tempos. Gisela Córdoba simulava uma relação com ele e ficou com a maior parte de uma indenização de mais de 200 mil pesos recebida pela vítima.

Usando de artifícios, ela se apropriou pouco a pouco do dinheiro resultante da venda de uma casa e de um carro que Burdisso havia comprado. Também se apoderou dos móveis e eletrodomésticos, e os dois ficavam com grande parte do salário que ele recebia como empregado do Clube Trebolense. [...] Na semana anterior ao desaparecimento, Córdoba ofereceu a casa em aluguel a um homem apelidado de "Uruguaio". [...] No mesmo dia do desaparecimento, Córdoba mostrou a casa a "Uruguaio" e posteriormente assinaram um contrato de locação.

Além disso, ela também acreditava que era beneficiária de um seguro de vida de Burdisso; por isso, depois de matá-lo, pediu a Huck que o tirasse do poço e jogasse em algum lugar para que o corpo fosse encontrado e a morte dele fosse confirmada, e assim ela pudesse receber o pagamento do seguro. Huck não atendeu ao pedido.

A instrução do processo por homicídio [a cargo de Eladio García, titular do Juizado de Primeira Instância de Instrução e Correção Penal de San Jorge] durou até setembro de 2008. Nesse meio-tempo foram detidas dezessete pessoas, que foram recuperando a liberdade até os três condenados serem processados.

O destino de Alicia Raquel Burdisso é, assim como o de milhares de desaparecidos durante a última ditadura argentina, muito mais difícil de desvendar, mas seu nome voltou a ser mencionado, desta vez por uma das testemunhas do processo contra o ditador Luciano Benjamín Menéndez, a cargo do Tribunal Oral Federal (TOF) de Tucumán, que afirmou ter visto Alicia no centro clandestino de detenção que funcionou no quartel-general da Polícia de San Miguel de Tucumán; seu depoimento baseou-se nas listas de prisioneiros feitas em 1977 pelo Serviço de Inteligência da Polícia de Tucumán – cujo responsável era então Menéndez – que mostravam o destino de cada uma das vítimas. Alicia Burdisso foi assassinada nesse quartel-general naquele ano. No processo, foram condenados o antigo chefe da polícia tucumana, Roberto Heriberto, conhecido como "o Caolho Albornoz" (prisão perpétua), o ex-policial Luis de Cándido, responsável por associação ilícita qualificada, violação de domicílio, privação ilegítima da liberdade e usurpação de imóvel, e condenado a dezoito anos de prisão; seu irmão Carlos – recebeu três anos de prisão com livramento condicional por ter usurpado uma casa que pertencia a uma das vítimas –, e o próprio Menéndez, que foi condenado a prisão perpétua – a quarta condenação desse tipo recebida por ele até aquele momento – pelos "delitos de violação de domicílio, privação ilegítima da liberdade com agravantes, imposição de tormentos com agravantes, torturas seguidas de morte e homicídio qualificado por dissimulação". No mesmo processo também começou a ser julgado o antigo governador Antonio Domingo Bussi (84 anos), que foi afastado do processo por razões de saúde, enquanto dois dos militares acusados, Albino Mario Zimmerman (76 anos) e Alberto Cattáneo (81 anos), morreram respectivamente em março e maio de 2010, o que demonstra a urgência com que processos como esse – e os processos privados, a tarefa de descobrir quem foram os que vieram antes de nós, que é o tema deste livro – devem ser realizados.

Embora os fatos narrados neste livro sejam essencialmente verdadeiros, alguns deles são produto das necessidades do texto ficcional, cujas regras são diferentes das regras de gêneros como o testemunho e a autobiografia; nesse sentido, gostaria de mencionar aqui o que disse uma vez o escritor espanhol Antonio Muñoz Molina, como lembrete e advertência: "Uma gota de ficção mancha tudo de ficção". Ao ler o manuscrito deste livro, meu pai julgou importante, apesar disso, fazer algumas observações com o objetivo de dar sua visão dos eventos narrados e corrigir certos erros; o texto que reúne essas observações, e que é o primeiro exemplo do tipo de reações que este livro pretende provocar, está disponível no link <patriciopron.blogspot.com/p/el-espiritu-de-mis-padres-sigue.html>, com o título de "The Straight Record".

Gostaria de agradecer aqui às pessoas que me apoiaram e incentivaram a escrever este livro e aos autores cujas obras me serviram de inspiração e de referência; entre eles, Eduardo de Grazia. Gostaria de agradecer também a Mónica Carmona e a Claudio López Lamadrid, meus editores na Random House Mondadori, e a Rodrigo Fresán, Alan Pauls, Graciela Speranza, Miguel Aguilar, Virginia Fernández, Eva Cuenca, Carlota del Amo e Alfonso Monteserín; também a Andrés "Polaco" Abramowski pela frase sobre o minuto que escapa do relógio para nunca ter que acontecer. Este livro é para meus pais, Graciela "Yaya" Hinny e Ruben Adalberto "Chacho" Pron, e para meus irmãos, Victoria e Horacio, mas também para Sara e Alicia Kozameh, para "Any" Gurdulich e Raúl Kantor, para seus companheiros e seus filhos. Este livro também é para Giselle Etcheverry Walker: "She is good to me/ And there's nothing she doesn't see/ She knows where I'd like to be/ But it doesn't matter".

© Patricio Pron, 2011
All rights throughout the world are reserved to Proprietor.

Todos os direitos desta edição reservados à Todavia.

Obra editada en el marco del Programa "Sur" de Apoyo a las Traducciones del Ministerio de Relaciones Exteriores, Comercio Internacional y Culto de la República Argentina.

Obra publicada no âmbito do Programa "Sur" de Apoio para Traduções do Ministério das Relações Exteriores, Comércio Internacional e Culto da República Argentina

Grafia atualizada segundo o Acordo Ortográfico da Língua Portuguesa de 1990, que entrou em vigor no Brasil em 2009.

capa
Mariana Bernd
preparação
Andressa Bezerra Corrêa
revisão
Huendel Viana
Rafaela Biff Cera
produção gráfica
Aline Valli

Dados Internacionais de Catalogação na Publicação (CIP)
— —
Pron, Patricio (1975-)
O espírito dos meus pais continua a
subir na chuva: Patricio Pron
Título original: *El espíritu de mis padres
sigue subiendo en la lluvia*
Tradução: Gustavo Pacheco
São Paulo: Todavia, 1ª ed., 2018
160 páginas

ISBN 978-85-93828-40-9

1. Literatura argentina 2. Romance 3. Ditadura
4. História familiar I. Pacheco, Gustavo II. Título

CDD 868.9932
— —
Índice para catálogo sistemático:
1. Literatura argentina: Romance 868.9932

todavia
Rua Luís Anhaia, 44
05433.020 São Paulo SP
T. 55 11. 3094 0500
www.todavialivros.com.br

fonte
Register*
papel
Munken print cream
80 g/m²
impressão
Geográfica